LA REINA DE LOS PIRATAS

Nota del editor: todas las palabras marcadas con asterisco a lo largo del texto se encuentran recogidas en el glosario final.

NAUTILUS

LA REINA DE LOS PIRATAS

Miguel M.ª Astrain

PLANETA & OXFORD

Avda. Diagonal, 662-664, 08034 Barcelona

Parque Empresarial San Fernando. Ed. Atenas. 28830 Madrid
Oxford es una marca registrada de Oxford University Press

Ilustración de cubierta: Rocío Del Moral

Primera edición: enero 2005
Segunda impresión: octubre 2005
ISBN-13: 978-84-96336-71-1
ISBN-10: 84-96336-71-9
Depósito legal: M. 41.805-2005
Impreso por Brosmac
Impreso en España – Printed in Spain

FICHA BIBLIOGRÁFICA

ASTRAIN, Miguel M.
La reina de los piratas, Miguel M. Astrain – 2ª impresión – Barcelona: Planeta & Oxford, 2005
Encuadernación: rústica ; 256 págs. 13 x 19,5 cm –
(Nautilus ; 10. A partir de 12 años)
ISBN-13: 978-84-96336-71-1
ISBN-10: 84-96336-71-9
087.5: Literatura infantil y juvenil
821.134.2-3: Literatura española. Novela
Tratamiento: aventura. Tema: historia y culturas

BRAZO DE HIERRO ATACA

La mañana era tan hermosa en aquel lugar del Caribe, que nada hacía presagiar lo que iba a suceder muy pronto. Había comenzado con un amanecer glorioso, despuntando el sol por encima de las islas Caicos, que habían quedado sobrepasadas durante la noche. El disco rojo hacía espejear la superficie del mar, deslumbrando al vigía. Por eso, quizá demasiado tarde, gritó:

—¡Barco pirata a estribor*!

Los hombres que dormían en cubierta, tendidos en los cois* de lona o en las esteras, oyeron las voces aunque estaban adormilados y saltaron totalmente despejados, al escuchar el aviso amenazador que suponía la muerte inminente. Los que estaban bajo cubierta, en las hamacas, tardaron algo más en despertar, pero el contramaestre, Simón Vélez, un andaluz seco y renegrido como la cecina pero con músculos extrañamente vigorosos bajo la tostada piel, se apresuró a ponerlos en movimiento entre amenazas y puntapiés. Un barco pirata era algo demasiado peligroso para tolerar brumas de sueño en las cabezas. Había que disponerse a la lucha en un periquete.

—¡Todos a cubierta! ¡Zafarrancho de combate*! —voceó Simón Vélez.

Las órdenes y los gritos se sucedieron sin interrupción, creando lo que podía parecer un ruidoso y desordenado galimatías para un espectador no avezado a este tipo de situaciones. Pero todos los tripulantes sabían lo que tenían que hacer. Les iba en ello la vida. Un barco pirata, repleto de hombres despiadados, era lo único que podía poner los pelos de punta a la valiente tripulación de la *Virgen del Pilar*, una preciosa nao*, de bella estampa y grácil arboladura, bien armada con gruesos cañones en las amuras*, capaz de enfrentarse al más osado de los corsarios. Su capitán, don Pedro María Suescun de Tainta y Pons, veterano de las Indias, había salido de su cámara* antes de que la tropa estuviera presta a la defensa. Todos los hombres le admiraban, tanto por su capacidad de mando y de atracción personal como por su poderosa envergadura, que lo convertía casi en un cíclope.

—¡Todo a babor*! —ordenó con voz poderosa, tras hacerse cargo de la situación—; les pasaremos por la proa*.

Era la mejor de las maniobras. Los piratas estaban a tiro de cañón, en la popa* de la *Virgen del Pilar*, como un mastín tras el conejo indefenso por su mala situación, ya que el navío español no podía defenderse, pues la mayoría de sus cañones estaban como era normal en ambas bandas. Los piratas habían calculado bien la forma de atacar. Ocultos por el brillo del sol radiante, contando con que la marinería estaría en la duermevela del amanecer, no esperaban una reacción demasiado rápida de sus víctimas. Por eso, la nao parecía presa segura. Pero no habían contado con la rapidez de movimientos del velero.

El capitán, un gigante de largos cabellos ondulados y barba bien recortada, luciendo ropas costosas, había salido de su cámara al oír la voz del vigía y, aferrado al pasamanos del alcázar*, escrutaba con sus penetrantes ojos grises la maniobra de la tripulación.

—¡Más rápidos! —tronó—. ¡Nos están dando alcance!

En efecto, el barco pirata, con todo su velamen desplegado, acortaba distancias a ojos vistas, poniéndose de través para lanzar la primera andanada.

Don Pedro María, clavada la mirada en su enemigo, vio las nubecillas en las bocas de los cañones y casi al instante sintió el temblor del aire al cruzar muy cerca de su cabeza las enormes balas disparadas por el pirata.

Desde la cofa*, el vigía volvió a gritar:

—¡Es el *Luna de sangre*!

El capitán español notó que la marinería no podía contener una sacudida de terror. El *Luna de sangre* hacía honor a su nombre. A bordo llevaba la tripulación más cruel del Caribe, hombres sin ley, sin Dios y sin patria, capaces de las mayores atrocidades con tal de obtener pingües beneficios que derrochar después en orgías salvajes en Port Royal; hombres que habían aprendido del más temible de los capitanes piratas, el maldito Stuart de Klerk. Éste, más conocido como Brazo de Hierro, había perdido años atrás su brazo izquierdo en no se sabía bien qué pelea; en el muñón llevaba adaptado un aparejo metálico, sujeto con grandes correas, en el que ensamblaba un puñal, un sable o un garfio, según la ocasión, el capricho o la necesidad.

—¡Dos marineros más a la caña del timón! —ordenó don Pedro María, con voz estentórea—. ¡Doblad! ¡Doblad! ¡Todo a babor! ¡Más rápidos! ¡Soltad todo el trapo! ¡Abrid las portañolas* y preparad los cañones de babor!

Mientras unos tiraban de los cabos* para izar* todo el velamen, otros se apresuraron a disponer los cañones en ángulo de tiro, a la vez que los artilleros aprestaban las piezas metiendo por las bocas los saquetes de carga con la pólvora, los tacos que fijaban éstos, convenientemente presionados con el atacador y, finalmente, las temibles balas de doce libras. Luego sacaron de las guardamechas* las mechas encendidas y esperaron la orden de aplicarlas al oído* de cada cañón para lanzar la primera andanada.

—¡Fuego! —gritó el capitán español.

La nao se estremeció al ser disparados los cañones y el maderamen crujió por el retroceso de éstos.

Únicamente una bala alcanzó al *Luna de sangre* pero con poco daño porque sólo partió el pasamanos de cubierta y fue a perderse en el mar. Las otras o quedaron demasiado cortas o demasiado largas. No era un resultado catastrófico porque en el primer disparo resultaba difícil ajustar el tiro. A partir del segundo, los artilleros deberían ser más eficaces.

Mientras, los piratas habían recargado sus cañones. La segunda andanada no tardaría en llegar, previsiblemente con más riesgo para la nao.

Cuando ésta se produjo, las balas cayeron todas al mar, a escasos metros de la proa del *Virgen del Pilar*, en clara advertencia de que debían arriar* velas o, en la próxima ocasión abrirían aguas en la línea de flotación.

—Quieren abordarnos —dijo Mateo de Inurria, alférez de la nao, que había llegado a la carrera junto a don Pedro María para asistirle en el combate. El alférez estaba al mando de los soldados de infantería que constituían la escolta de la nave. Tras él corrían sus hombres a la defensa de la misma.

El veterano marino miró a su ayudante. Éste era un joven de rubios cabellos, rostro aniñado y valiente hasta la temeridad. Había empezado siendo ballenero desde su Vizcaya natal, y enrolándose posteriormente en los galeones* de su majestad, para correr aventuras en el Nuevo Mundo. Don Pedro María lo había aceptado en su nao, porque apreciaba su sensatez y valentía.

—¡No vamos a capitular, alférez! —exclamó—. Todos sabemos lo que nos espera si lo hacemos.

—En efecto, señor. ¡Vamos a darles lo suyo! No somos principiantes.

—Adivino lo que maquina Stuart de Klerk: quiere apoderarse de nuestra nao. La ambiciona demasiado para arriesgarse a hundirla con su artillería. Eso nos da ventaja. —Y gritó—: ¡Preparad balas de cadena*! ¡Alzad las miras!

El *Luna de sangre* se acercaba a ellos a todo trapo. A la corta distancia que les separaba, era fácil ver que sobre cubierta estaban todos los corsarios, armados hasta los dientes, blandiendo sables, espadas y hachas que agitaban sobre sus cabezas mientras aullaban como verdaderas fieras sanguinarias y lanzando destellos de codicia sus abyectos ojos.

—No podemos permitir que nos aborden o esto será una carnicería. —Don Pedro María ya había visto que sus artilleros tenían prestos los cañones y gritó—: ¡Fuego y malditos si no acertáis de pleno!

La nao lanzó un inmenso crujido al sentir el retroceso de los cañones de babor. Pareció que saltaba sobre las olas, tanta era la potencia artillera.

Los tres primeros cañones de babor habían sido cargados con balas de cadenas, mortíferos proyectiles compuestos por pesadas balas de plomo unidas por una cadena. Éstas se usaban para desarbolar las naves enemigas. Lanzadas contra las vergas*, se enroscaban en éstas, arrancándolas de su fogonadura*.

El trinquete* del *Luna de sangre* pareció que era arrancado de cuajo, como si una mano gigantesca lo quebrase. El palo cayó sobre cubierta con gran estrépito, dispersando a los piratas, no sin alcanzar a varios de ellos, que quedaron pierniquebrados, entre grandes gritos de dolor. Las lonas envolvieron a buena parte de la tripulación corsaria, al caer sobre cubierta, causando la mayor confusión.

No obstante, los cañones de popa, junto al palo de mesana*, pudieron disparar. La nao se tambaleó por la andanada. Ésta había sido certera, al menos en parte. El barco comenzó a girar sobre sí mismo, rota la pala del timón. El piloto comprendió en seguida lo ocurrido:

—¡Nos han acertado en la madre*! —gritó aterrorizado. La *Virgen del Pilar* era, desde ese momento, un barco a la deriva, que no podía ni huir ni ser gobernado.

—¡Arriad velas! —decidió el vigoroso capitán—. ¡Disponed el empalletado*! ¡Aprestad jaretas* y bicheros*! ¡Abordaje! ¡Abordaje!

El barco pirata estaba peligrosamente cerca, aunque había perdido el trinquete. Por el contrario, la nao castellana vagaba al garete*. No cabía hacer nada sino pelear cuerpo a cuerpo, vendiendo cara la vida. Los tripulantes ignoraban si sus contrarios eran más numerosos, pero nadie se hizo semejante pregunta. Lo único importante era pelear sin descanso, sin dar ni pedir cuartel. Otra cosa habría sido temeraria y el principio del fin.

Visto tan próximo, el *Luna de sangre* era, ciertamente, amenazador. En las bordas*, una turbamulta de guerreros despiadados que no tendrían misericordia con sus víctimas. Al frente de ellos, don Pedro María vio el corpachón desmedido y la roja pelambrera de Brazo de

Hierro, el pirata más sanguinario del Caribe, con un gran sable unido a su muñón de hierro y una pistola en la otra mano.

—¡A por ellos! —oyó que gritaba Stuart de Klerk.

El impacto de ambos navíos fue terrible. Perdido el equilibrio, todo el mundo cayó por la cubierta de la nao. Los piratas, por el contrario, asidos a los cabos de sus velas, se mantenían en pie. Un instante después del impacto, la turba de piratas se lanzó a la cubierta de la nave entre gritos estremecedores.

En aquel momento salió a la toldilla*, procedente de una de las cámaras, una muchacha extraordinariamente bonita, alta, y flexible, con su rubio pelo suelto y ataviada con una simple bata adamascada. Se notaba que acababa de despertarse porque aún parpadeaba por el reflejo del sol.

—¡Cuidado, papá! —gritó al advertir el salto felino de un pirata a espaldas de don Pedro María. Éste se volvió de inmediato y paró con su espada el mandoble asesino que le había sido destinado, mientras ordenaba:

—¡Adentro, Isabel! ¡Éste no es sitio para ti!

La muchacha se movió con la agilidad y la flexibilidad de un gato silvestre. Era casi una niña pues no había pasado de los quince años. Se agachó, cogió el alfanje del pirata que su padre acababa de atravesar y se enfrentó a otro que se había encaramado tras el primero, en busca del capitán, seguro de que si lo mataba cesaría toda resistencia en la tripulación.

—¡A mí! —gritó el bravo don Pedro María, pidiendo ayuda al alférez Inurria, para salvar a su hija.

Pero ésta no estaba apurada lo más mínimo. Con una bonita sonrisa en sus labios paraba los estoconazos que le lanzaba el pirata, sorprendido de que una muchacha aparentemente tan frágil pudiera oponerle resistencia. No se daba cuenta de que frente a la fuerza bruta de él, se encontraba alguien de una agilidad y elegancia de movimientos portentosa. Era como la lucha de un felino contra el pesado rinoceronte.

Mateo de Inurria quedó un momento paralizado, admirado del arrojo y valentía de Isabel, y de su fina danza en torno al enfurecido corsario, que no acertaba más que a dar mandobles al aire, como si Isabel fuera tan sólo una sombra en la resplandeciente mañana.

Cuando el alférez se puso al fin en movimiento, Isabel se había lanzado a fondo contra el pirata, al que hizo saltar por la borda perdiendo todo interés por el abordaje.

—Por Dios, Niña Isabel. Éste no es sitio para ti. Te llevaré a tu cámara. Deja esta pelea para los hombres.

—¿Acaso no está en juego también mi vida? —preguntó, con una sonrisa burlona en sus labios.

—No te pasará nada. Yo te protegeré. Vamos. Confía en mí.

Llevó a la hija del capitán hasta su camarote y le pidió, tratando de ser autoritario:

—No salgas de aquí. Vendré a buscarte cuando hayamos acabado.

Cerró la puerta acto seguido y corrió al alcázar, donde don Pedro María se las veía con varios piratas.

Mientras, Isabel dejó el alfanje a un lado y se vistió rápidamente con unos calzones de fino tafilete, camisa blanca y botas hasta la rodilla. Luego tomó un pañuelo de un arcón donde estaba su ropa y se envolvió con él la cabeza, ocultando los rubios cabellos. No quería que nadie la reconociera como mujer, y pudiera pensar que era presa fácil. Tenía un propósito e iba a cumplirlo. Sus ojos verdes habían visto la magnitud del apuro en que se encontraban cuantos se hallaban a bordo de la *Virgen del Pilar*, y estaba dispuesta a aportar su esfuerzo para tirar por la borda a todos los piratas que habían osado abordar la nao. Sabía manejar una espada tan bien como un hombre. Había aprendido el arte de la esgrima de su profesor napolitano, y aunque no tenía la fuerza de un hombre, superaba a cualquiera en agilidad y valentía. El espadachín italiano le había dicho que resultaba casi imposible alcanzar su cuerpo con la punta de la espada, dada su flexibilidad e intuición para huir de la puntiaguda arma de su enemigo, como si ésta la avisase antes de llegar a su tierna carne.

Salió de su cámara, tomó un arco que colgaba de un mamparo y una aljaba con flechas, colgados como elementos decorativos del barco, y abrió la puerta de la toldilla.

Fuera, su padre y Mateo de Inurria no llevaban la mejor parte. Estaba claro que el número de piratas sobrepasaba al de los marinos españoles, y que éstos no iban a resistir mucho más.

Por eso, tendió el arco, aprestó la flecha y disparó con enorme puntería, alcanzando al que estaba a punto de atravesar a Mateo. Éste lanzó un grito de contrariedad al verla, si bien le envió una sonrisa de agradecimiento. En unos instantes, Isabel había alcanzado a tres o cuatro piratas más; no mortalmente, pero sí hiriéndolos lo suficiente como para que perdieran todo entusiasmo por la lucha. Su intervención valió para limpiar la toldilla de enemigos. Don Pedro María sacudió el aire con la mano, empujando a su hija con gestos hacia el interior y, sin comprobar que había sido obedecido, saltó junto con su alférez al entrepuente para precipitarse a la lucha con el arrojo de un oso furioso.

Detrás de Isabel sonó la puerta. Ésta se volvió como un gato, pensando encararse con un pirata, pero en el quicio de madera barnizada y bellamente torneada encontró a Palabras, un viejo marinero mudo que desde siempre acompañaba a su padre en sus expediciones, debido a su lealtad y su capacidad para encargarse de cualquier misión que se le encomendara. En cierta ocasión antes de embarcar, hablándole de Palabras, a quien apreciaba profundamente por su lealtad y sensatez, su padre le había dicho: «Obedécele como a mí. Es muy cabal. Estará siempre a tu lado para ayudarte en lo que sea».

Palabras emitió unos gritos guturales con su boca desprovista de lengua que le había sido cortada por los piratas berberiscos en Orán. A partir de ese momento, sus compañeros de navegación empezaron a llamarle Palabras en cruel burla por su forzado silencio, haciéndole olvidar su propio nombre. Isabel vio cómo su tutor movía las manos en un lenguaje que ella había aprendido de niña.

—Estás loca —entendió Isabel—. No puedes pelear con estos salvajes. Eres una niña.

—Soy la mejor con una espada en la mano —replicó, rabiosa, Isabel. Palabras se atrevía a decirle cosas que a nadie le habría consentido.

—Eres la mejor pero no la más lista —se enfadó el marinero mudo—. Ven conmigo.

—No puedo abandonar a mi padre. Me necesita —replicó.

—Le ayudarás mejor si le haces caso y no le tienes preocupado por tu seguridad. —Las manos de Palabras se movían a una velocidad vertiginosa, exponiendo sus argumentos.

—¿Tienes miedo? Todos somos necesarios ahora —respondió Isabel, con evidente injusticia.

Inmediatamente sintió haber dicho aquellas palabras. El fiel amigo y servidor mostró un rostro sombrío y dolorido.

—Yo obedezco siempre a mi señor —manoteó con gran esfuerzo—. Con gusto daría mi vida por él, pero me hizo jurar que siempre te cuidaría y que debía desentenderme de todo con tal de ayudarte. Es lo que estoy haciendo. —Y se esforzó en mostrarse autoritario—: Si no me acompañas te daré unos azotes en ese trasero de niña caprichosa que tienes.

Isabel corrió hacia él, abrumada por aquel dolor.

—No eres un cobarde, Palabras. Perdóname. Es que me sublevo por no poder ayudar a esos valientes.

El mudo la cogió por los hombros con inmensa ternura.

—Tienes la sangre brava de tu padre. No te ciegues. Lo prudente ahora es esconderte de esos malditos. Si te apresasen, tu padre tendría que rendirse, y eso sería la muerte de todos... o algo peor —le dio a entender.

Palabras cerró la puerta de la toldilla, la aseguró con una barra de hierro para atrancarla, y empujó a Isabel por el pasillo.

Bajaron por las galerías de popa, internándose en las profundidades del navío. Llegaron así al sollado*, alumbrándose con un farol que Palabras mantenía en alto. El fragor del combate sonaba muy lejano. En cambio era mucho más perceptible el crujido del maderamen que conformaba la quilla*, así como el chapoteo del agua filtrada en la sentina* durante la larga travesía desde Puerto de Santa María. Una vez en el muelle habría que calafatear* bien las costuras* para impedir el paso del agua.

Palabras iba delante, bastante rápido, urgiéndole el peligro, mientras hacía atravesar a Isabel la despensa, la armería, el pañol de cabos y, finalmente, el pañol de velas. Más allá estaba el entabicado, con muros de cal y canto para proteger los barriles de pólvora de un fuego ocasional o una chispa. El viejo marinero se detuvo entre los fardos de velas y posó el farol sobre el más alto para que Isabel viera sus manos y pudiera comprender el mensaje que quería transmitirle:

—Te esconderás debajo de estas velas plegadas, sin moverte ni salir, pase lo que pase.

—¿Me vas a dejar sola?

—Sí, niña. —Cruzaba dedos y manos—. Vendré en cuanto pueda.

—Pero...

—Sí, ya sé que huele mal y que hay ratas, pero son compañía mucho mejor que los piratas de arriba —concluyó Palabras.

Levantó unos pliegues de lona, bajo los que Isabel se deslizó ágilmente. Luego, el viejo guardián dio media vuelta y se marchó, llevándose la única luz.

Antes de darse cuenta, Isabel se vio sola y a oscuras. Aunque era valiente, sintió una punzada de aprensión en el pecho. Arriba, en el puente*, la batalla continuaba.

EN MANOS DE LOS PIRATAS

Mucho más tarde, Isabel oyó voces y gritos de júbilo. Por el tono aguardentoso y la mezcla de idiomas, que formaba la peculiar jerga caribeña, supo que eran piratas quienes se acercaban. Eso la hizo estremecerse. Significaba que la nave había caído en poder de los filibusteros, y que éstos habían vencido a la tripulación española.

El pensamiento de que estuvieran muertos todos los tripulantes la acongojó, y las lágrimas acudieron a sus ojos. Su padre, sin duda, había perecido pues le sabía incapaz de rendirse. Junto con el dolor, la furia la dominó por un instante. Sus nervios se tensaron, presta a saltar para seguir la lucha, como un leopardo enloquecido y acorralado, aunque hacerlo supusiera enfrentarse a un enemigo mucho más numeroso. Isabel pensó que no le importaba morir y que debía vengar a su padre, pero la idea de que más valía estar viva para castigar ampliamente aquella infamia la hizo contenerse, aunque con dificultades. Apretó sus puños en el maloliente agujero en el que se encontraba hasta clavarse las uñas. El dolor resultó útil para salir de su furia.

Las voces estaban ya muy cerca:

—¿Os convencéis de que tengo razón? —Una voz autoritaria se imponía sobre las otras—. Sois un hatajo de chacales. No queréis más que fuego y sangre. Esta nao vale más a flote que el placer de hundirla. Lleva buena carga: alimentos, herramientas, velas, cabos, pólvora, cañones, armas y buenas mercancías de Sevilla: manufacturas, telas, mercurio, vinos y aceites... Acabáis de verlo. Todo puede convertirse en oro. Y luego están los prisioneros: su rescate será sustancioso.

—Stuart dice bien. Sabe lo que ordena —acató, obsequioso, alguien.

—¡Claro que lo sé! Y, ¡ay del que se atreva a desobedecerme!: lo pasaré por la quilla y luego lo colgaré de la gavia mayor.

Siguieron registrando un rato.

—Aquí sólo hay velas —desdeñó una voz.

—Y muy buenas. —Isabel sintió que manos rudas levantaban los pliegues de las lonas, cerca de donde ella se escondía.

Los piratas estaban removiéndolo todo, haciendo inventario mental de cuanto habían conquistado.

—Y luego el barco. ¡Una nao como pocas! Bien artillada y muy marinera. La llevaremos a isla Perdida y repararemos su timón. ¡Tendremos dos navíos a mi mando para enfrentarnos a cualquier barco que encontremos en la ruta de las Indias! ¡Parecerá que el oro nos llueve del cielo!

Un coro de gritos aprobadores salió de las gargantas de quienes acompañaban al capitán pirata.

—¡Bien por Stuart de Klerk! —gritaron voces enronquecidas por el abuso del ron.

—Subamos al puente. Remolcaremos la nao y la llevaremos a nuestro refugio. Sólo quiero ver en cubierta a la guardia, y nadie en sus bodegas. El que trate de abandonar el *Luna de sangre* y saquear este barco, es hombre muerto. ¡Decídselo así a todos!

Isabel fue perdiendo el eco de las voces que se alejaban. Cuando estuvo segura de que ninguno de los piratas se encontraba en las proximidades, empujó una punta de la lona. Miró detenidamente las sombras que la rodeaban. No había nadie y sólo se oía el gorgoteo del agua en la sentina.

Muy despacio, Isabel salió de su escondite. Tenía dolorido el cuerpo por tan larga inmovilidad. Una vez fuera se estiró todo lo que pudo para poner sus músculos en disposición de moverse con su habitual soltura. Estaba desarmada y, además, recordaba las instrucciones de Palabras: no debía moverse de allí hasta que él regresara.

Pero ¿y si le había ocurrido algo? ¿Y si los piratas lo habían descubierto dando buena cuenta de él o, lo que era lo mismo, cargándole de cadenas?

No podía permanecer en el pañol de velas por tiempo indefinido. Tenía que trazar un plan para actuar en el caso de que el fiel marinero no regresara. Confiaba mucho en su astucia y determinación, pero nada era imposible con aquella cuadrilla de desalmados que habían apresado la nao.

Muy despacio, empezó a dirigirse a lo que pensaba era la salida del pañol. Sus botas de piel flexible tanteaban los tablones del sollado para no caerse. Sus manos, extendidas por delante de ella, palpaban la oscuridad en busca de elementos de identificación para caminar a tientas.

De pronto, algo cayó sobre ella con una fuerza considerable. Isabel se debatió sin gritar, y golpeó con sus botas en torno suyo, a la par que agitaba los brazos como aspas para enfrentarse al agresor. Notó que sus golpes llegaban a su destino, pero el otro no habló, ocupado en contenerla. Isabel lanzó su codo hacia atrás, y se felicitó por haber hallado un estómago que sintió arrugado y dolorido a un tiempo.

La mano de su rival tapó su boca, impidiéndole gritar, y algo siseó en sus oídos.

La niña no hizo caso, pero el fantasma de la oscuridad gorgoteó de manera inarticulada.

—Palabras, ¿eres tú? —acertó a decir Isabel en un descuido de aquella mano que la sofocaba.

Otro gruñido de asentimiento. Isabel lo identificó y dejó de debatirse.

Los fuertes brazos del marinero la soltaron, e Isabel preguntó con voz tensa, en un susurro:

—¿Qué ha sido de mi padre? ¿Dónde están nuestros hombres? ¿Han matado a toda la tripulación? ¿Qué vamos a hacer?

Demasiadas preguntas para ser contestadas por un mudo en la oscuridad, pensó. Las manos de su escudero trataron de decirle que se tranquilizara. Isabel comprendió que allí Palabras no podía explicar nada. No veía sus manos ni sus gestos que le hablaban tan bien como alguien que tuviese lengua.

—Perdona, ¿no tienes un farol?

El mudo tiró de ella, conduciéndola por el dédalo de pañoles, cajas, armas y pertrechos.

Al fin llegaron a una lumbrera por la que penetraba la luz de aquel trágico día, y el marinero se detuvo, encarándose con la niña.

—Pensé que eras un asaltante rezagado. A punto estuve de cortarte el cuello —explicó Palabras, trazando gravemente en el aire los signos de su lenguaje—. Los piratas han conquistado el barco. Se lo llevan a su refugio.

—¿Y mi padre?

—No sé nada de él —siguió su amigo—. Los que se han rendido han sido hechos prisioneros, y están encadenados en la bodega del *Luna de sangre*. Han saqueado la nao y la cámara del capitán, y han revuelto también tu equipaje. Saben que había una mujer a bordo a juzgar por las ropas encontradas, y te están buscando con gran excitación. Llevan meses sin ver a una mujer. Sería terrible si te encontrasen.

—Tenemos que hacer algo.

—Ahora no, mi niña.

—Pero ¡hemos de liberar a los prisioneros!

—Es una locura intentarlo en este instante. Deja que lleguemos a isla Perdida, y que se emborrachen para celebrar la victoria. En ese momento, actuaremos.

A su pesar, Isabel comprendió que era lo más sensato. Tenía que refrenar su rabia si quería sobrevivir y ser más útil a los suyos.

El sol estaba alto cuando los tripulantes del *Luna de sangre* empezaron a lanzar cabos hacia la nao para remolcarla. Aunque sanguinarios, eran buenos marineros. La maniobra se llevó a cabo de forma disciplinada y correcta, bajo las órdenes del segundo de a bordo, y al fin, el navío empezó a surcar las aguas lentamente, arrastrado por el barco pirata que había desplegado todas sus velas útiles, pues le faltaba el trinquete. Cuando terminaron, sonó una campana llamando a rancho.

El sonido estimuló los jugos gástricos de Isabel, quien se dio cuenta de que ni siquiera había desayunado. Por la lumbrera vio que los piratas corrían por el entrepuente de su barco con sus platos en la mano, hacia donde su cocinero había instalado unas grandes cazuelas de las que servía abundante ración.

Isabel miró a Palabras con hambre, y éste desapareció en busca de comida.

LAS CUEVAS DE ISLA PERDIDA

Remolcados por el *Luna de sangre*, la navegación duró dos días en los que Isabel y Palabras permanecieron casi en silencio, agazapados bajo cubierta, vigilando que ningún pirata penetrase por cualquier escotilla* y pudiera descubrirlos. Pero los salteadores de la mar no se atrevían a desobedecer las órdenes del terrible Stuart de Klerk, y sólo vieron a los centinelas de cubierta, atentos a las maniobras necesarias para llevar a la *Virgen del Pilar* al refugio de isla Perdida. En ese tiempo no se vio ningún navío en todo el horizonte, a juzgar por la tranquilidad de los filibusteros, que aprovecharon la travesía para beber y cantar escandalosamente desde la nave que los arrastraba.

Palabras, de cuando en cuando, dejaba sola a Isabel para inspeccionar el terreno, a fin de estar seguro de que nadie iba a descubrirlos. En alguno de esos recorridos traía provisiones y agua, que encontraba sin duda en la despensa de la nao, para atender a las necesidades de la niña. Pero Isabel comía sin saborear los alimentos. Pensaba demasiado en su padre y en el alférez Mateo de Inurria, bravo ayudante del capitán, cuyas atenciones y lisonjas recordaba con agrado. Mateo era demasiado apuesto para que ella lo ignorara. Muy alto, muy fuerte, muy valiente siempre, con eterna sonrisa en los labios y mirada cálida que denunciaba su interés por ella, no podía pasar desapercibido. Isabel se encontró pensando cariñosamente en el muchacho vasco, y le hubiera dedicado más tiempo, si el recuerdo de don Pedro María no la llenase de tristeza. Era fácil temer lo peor, conociéndolos a ambos. Los sabía demasiado arrojados para rendirse, para tirar las espadas y someterse a la ruda y zafia autoridad de aquellos piratas. Además, parte de la tripulación había caído bajo las armas homicidas de aquellos desalmados, y ellos se habrían sentido obligados a morir antes que abandonar a aquellos valientes.

Esa certeza hizo que acudiesen gruesas lágrimas de dolor a sus bellos ojos verdes. La muchacha se cubrió el rostro con las manos y durante unos minutos sollozó en silencio, queriendo morir. Pero allí estaba Palabras para impedirle que cometiera ninguna insensatez. Las curtidas y arrugadas manos del marinero pasaban una y otra vez por su cascada de cabellos rubios en mudo consuelo, tratando de transmitirle paz y sosiego en tan difíciles momentos.

Cuando ella se serenó algo, Palabras trajo de su periódica expedición, por entre el dédalo de cubiertas y pañoles, varias armas cuya visión iluminó el rostro de Isabel. Aquello significaba que no estaba todo perdido, que iban a luchar, siquiera fuese para vengar a los suyos. Eso la reconfortó. El carácter aguerrido de la muchacha se sintió mejor. Como había dicho Palabras, era tan brava como don Pedro María, y lo que más la torturaba era la pasividad y la inacción.

Había dos espadas, un hacha de abordaje, varios puñales y dos pistolas, con pólvora y balas, y un mosquete.

—¡Esto se pone bien! —exclamó Isabel.

Palabras la reconvino poniéndose el índice sobre los labios y chistando con su boca sin lengua.

—¡No seas imprudente! —le transmitió con dedos y manos—. No debemos hacer ningún ruido, si no queremos morir.

Isabel agitó el sable en el aire, arrancándole silbidos agudos, como si ya estuviera blandiéndolo en feroz pelea.

Palabras movió las manos, pidiéndole calma. Conocía muy bien a Isabel, sabía de su genio fuerte y su sangre encendida, y la creía muy capaz de encaramarse a cubierta y dar buena cuenta de la guardia antes de que éstos pudieran aprestarse a la defensa. Tuvo que sujetarla del brazo armado:

—¡No! —sacudió la cabeza—. Ahora, no. Yo te diré cuándo podemos atacar. Soy más viejo y tengo más experiencia.

El ruido de la cadena por el escobén*, al caer el ancla*, les informó que iniciaban la maniobra de fondear*.

Miraron a estribor por una de las portillas, y pudieron contemplar un paisaje idílico: el mar en calma, que se movía suavemente en olas minúsculas besando una playa de arena muy fina, dorada e inmaculada. A unos metros escasos, se erguían las palmeras y, más allá, una vegetación deslumbrantemente verde, que ascendía por la ladera de una colina. A barlovento * y a sotavento* se alzaban en forma de concha unos altos acantilados que creaban un puerto natural, una rada* segura para cobijo del barco pirata.

—¡Isla Perdida! —susurró Isabel, admirada de tanta belleza. Y su voz volvió a quebrarse como antes al recordar a su padre.

Por supuesto no era el primer viaje que hacía al Nuevo Mundo y, como siempre, la visión de tan bellos y paradisíacos parajes la llenaba de emoción y la extasiaba con su luminosidad y color. Isla Perdida que, a juzgar por el nombre que le daban los piratas, sólo ellos conocían, no parecía lugar frecuentado, pero no se diferenciaba de las demás islas del Caribe que Isabel había visitado en anteriores ocasiones.

Hasta ellos llegaron las voces de los piratas al fondear en aquella ensenada minúscula, pero segura para ellos.

Del *Luna de sangre* saltaban sus tripulantes entre gritos de júbilo. Luego otros empezaron a bajar los bultos que contenían el producto de sus expolios. En fila india los cargaban y los llevaban a tierra, internándose luego entre las palmeras y los arbustos floridos hacia un lugar que no se divisaba. No podía estar muy lejos su destino, ya que poco después regresaban los porteadores, libres de su carga, para repetir la faena.

Caía la noche cuando parecía terminada su tarea. Stuart de Klerk, que vigilaba la operación desde la orilla, movió los brazos en alto y ordenó:

—¡Bajad a los prisioneros y encerradlos!

Poco después, una hilera de hombres maltrechos y engrilletados empezó a descender del *Luna de sangre* por una escala de cuerda. La muchacha y Palabras se esforzaron por identificar a los prisioneros, pero les resultó imposible. La noche caía con rapidez y el sol del atardecer les cegaba lo suficiente para impedirles ver rostro alguno. Sí se dieron cuenta de que les costaba moverse, bien por las heridas, el hambre o la forzada inmovilidad de la travesía en angostos encierros, y se sintieron apesadumbrados una vez más. Palabras apretó el hombro de Isabel transmitiéndole entereza, y la muchacha respiró hondo para contener su emoción.

—Cuando estén dormidos, nos deslizaremos por un cabo hasta el agua y ganaremos tierra.

Su protegida asintió con leve sonrisa.

Escucharon una vez más el vozarrón de Stuart de Klerk.

—¡Vosotros! ¡Los de la guardia! ¡Bajad a tierra!

Nos hemos ganado un buen asado y unos cuantos barriles de ron.

El griterío les dio a entender que la perspectiva los llenaba de júbilo. Alguno se precipitó tanto que no pudo aguantar su deseo de pisar tierra lanzándose desde la borda al agua. Chapoteando, se gastaban rudas bromas entre ellos palmeándose y haciendo cabriolas.

Palabras y la muchacha esperaron largo rato. Era noche cerrada. Subieron cuidadosamente a cubierta, esperando el momento más oportuno para dejar la nao. Se vislumbraba el resplandor de las fogatas por entre los matorrales, a la par que, hasta ellos, llegaban el aroma del cerdo asado y los cánticos de la francachela, anunciando que la comida y el ron corrían con liberalidad.

Palabras desapareció un instante y volvió poco después con una frazada en la que envolvió las armas.

—No debemos mojarlas.

A duras penas logró Isabel entender los gestos del marinero, aunque la noche era muy estrellada.

Debía de ser medianoche cuando, agotadas las fuerzas, los cánticos empezaron a amainar, bajo los efectos del alcohol.

Isabel fue guiada hasta la borda de babor, opuesta a donde estaba el campamento pirata, y su compañero lanzó un cabo hasta el agua. Luego, siempre por gestos, le indicó que descendiese.

Lo hizo con rapidez y habilidad. Así como había aprendido el manejo de la espada, durante los numerosos viajes de su padre al Caribe, se había formado como marinero y, de no ser por su excesiva juventud, habría sido tan buen tripulante como el primero. Sabía del manejo de los cabos, de la función de cada vela, del instintivo equilibrio del timón y, por supuesto, del arte de navegar y de orientarse por el sol y las estrellas, e interpretaba con sorprendente habilidad las cartas náuticas. No en vano había tenido a un gran maestro en don Pedro María, y ella había sido aventajada discípula. Su carácter intrépido, siendo hija única, la había llevado a pegarse a los calzones de su padre cuando, siendo una niña, perdió a su madre tras un embarazo agitado que terminó en parto mortal, muriendo con ella el precioso niño que iba a dar a su marido, y que hubiera sido, para deleite de su padre, el futuro capitán de las naos castellanas. La pequeña Isabel, de menguados diez años, habló en aquella ocasión muy claramente a su padre, con obstinada determinación:

—Te acompañaré en tus viajes al Nuevo Mundo y navegaré contigo. No me voy a quedar sola en tierra.

—El mar no es cosa de niñas —respondió juiciosamente su padre.

—¿Quién me va a cuidar? —planteó ella, con gran sentido práctico.

—Tienes parientes.

—¡Ni me conocen! Y yo a ellos, tampoco. No quiero que me traten como a una huérfana. Las hijas tienen que estar con sus padres.

—Pero tu madre ha muerto.

—Tú no.

Por vez primera, el experto marino empezó a comprender que su hija tenía tanta determinación como él, si no más.

—Bien, irás a un convento. Te daré una buena dote para que las monjas velen por ti.

—Y yo me escaparé tan pronto como pueda.

—¿Adónde va a ir una mocosa como tú?

—A la Villa y Corte. Alguien encontraré con quien empezar una nueva vida.

Don Pedro María se espantó. Sabía muy bien que había demasiados truhanes y aprovechados, hombres sin conciencia, que se frotarían las manos ante la perspectiva de explotar a una niña como ella.

—¡No te lo consentiré! —tronó.

—¿Y cómo vas a impedírmelo, si estás navegando a mil millas de aquí?

Había ganado la batalla. Isabel siempre le ganaba a su padre. No por ser más lista, que también lo era, sino por ser tan resuelta como él y por usar con ventaja sus armas de niña.

Isabel sacudió la rubia melena para alejar sus recuerdos, y llegó al agua. Suavemente penetró en ella manteniendo en alto un petate con ropa y una valija de cordobán donde llevaba siempre una rica colección de hierbas medicinales, a las que tan aficionada era y que había preparado poco antes de bajar de cubierta. Una vez en el agua nadó con un solo brazo, moviendo ágilmente las piernas. Era buena nadadora y se desplazaba sin ruido entre el cabrilleo de las suaves olas que iban a rendirse en la playa. Los piratas debían de estar ebrios por el ron, pero no podía arriesgarse. A su lado, haciendo lo propio con el bulto de armas que guardaba en la frazada, Palabras nadaba también sigilosamente en la noche.

Llegaron a la orilla sin contratiempos. Su compañero corrió como un fantasma hasta los primeros matorrales, e Isabel le siguió, sin hacer ruido. Una vez allí, se detuvieron para recuperar el aliento y escuchar. Ningún ruido amenazador llegaba hasta ellos. Cuando se hubieron convencido de que tenían el paso libre, avanzaron por entre la vegetación, muy cautamente, asegurando un pie antes de levantar el otro del suelo, cuidando de no romper ninguna rama seca o de tropezar con una piedra, nada que pudiera alarmar a los filibusteros.

Palabras se arriesgó hasta llegar a las inmediaciones del campamento pirata. Había dos hogueras encendidas, cuyo resplandor les permitió ver a los hombres dormidos, caídos en el suelo, en ridículas posturas; tal como los había dejado el abuso del alcohol. No parecía que hubiera centinelas. Era natural. Nadie podía pensar que en isla Perdida hubiera alguien más que ellos. Estaban convencidos de que ningún peligro les amenazaba, por lo que se habían descuidado en extremo. Isabel le dijo por señas a Palabras:

—Podríamos atacarlos y maniatarlos ahora que están borrachos. Sería muy fácil.

Su compañero le respondió en igual lenguaje:

—No es posible. ¡Fíjate! —Y señaló el límite del círculo de luz.

La muchacha miró en la dirección indicada, hacia el grupo de cabañas de la que salían dos piratas con espadas al cinto y grandes pistolones. Tras ellos, con una botella en la mano, Stuart de Klerk, más amenazador que nunca por el alcohol.

Isabel retrocedió vivamente al verlos, temiendo ser descubierta. Palabras tiró de su brazo, introduciéndose ambos en la espesura, en la dirección que llevaban los piratas para esconder su botín.

La luna había salido iluminando el terreno, pero lo que era una ventaja para ambos constituía al mismo tiempo su mayor riesgo. Distinguieron fácilmente un sendero entre la vegetación, pero en lugar de avanzar por él, lo hicieron muy cautamente por ambos linderos, a fin de no ser descubiertos. De esa manera, se encontraron de pronto ante la masa oscura de la montaña que habían visto desde la nao. La muchacha se detuvo, expectante. Había que examinar el terreno, no fueran a caer en una trampa. Ambos reconocieron la espesura circundante y muy pronto pisaron una amplia explanada ante una cueva, en cuya boca había varios hombres en torno a una hoguera, vigilando el interior.

—Los prisioneros están dentro —susurró Isabel al oído de Palabras.

Éste asintió con la cabeza. Permanecieron unos instantes grabando en sus retinas todo cuanto veían, pero estaba claro que no podían hacer nada por sus amigos. Al menos en esos instantes. Carecían de efectivos necesarios para garantizar el éxito de la operación.

Muy despacio se retiraron del linde de la explanada, moviéndose hacia el mar, siempre pegados a las rocas, en busca de lugar seguro para secarse las ropas y pernoctar.

Avanzaron sin ruido y pronto vieron que el terreno descendía rápidamente. Tenían que conducirse con sumo cuidado pues en el suelo había abundantes trozos de rocas desprendidos de lo alto y era fácil tropezar con ellos, con el consiguiente ruido.

Al resplandor de la luna, vieron que, a su izquierda, había un agujero más oscuro que el resto de la pared. Isabel lo señaló en silencio y su acompañante asintió con la cabeza, al tiempo que extendía su brazo para detener el paso de la muchacha.

Fue entonces cuando unos cuerpos cayeron sobre ambos, arrojándolos por el suelo. Isabel se debatió sin desánimo, moviéndose con increíble fiereza, mientras Palabras golpeaba con destreza a su atacante. Pero la sorpresa había sido la mayor arma de los atacantes, y en unos instantes los dos se encontraron maniatados y amordazados, incapaces de hacer nada. Había sido un ataque tan rápido y silencioso que la defensa resultó imposible.

Isabel se dijo, rabiosa, que habían sido unos estúpidos por haberse dejado cazar. Ahora ya no tenían esperanza alguna.

UN ENFRENTAMIENTO PELIGROSO

Sus atacantes no querían ningún ruido porque los llevaron en silencio hasta el interior de la cueva, cuya angosta boca había vislumbrado Isabel antes de ser sorprendidos. Se trataba de rivales diestros y fornidos, a juzgar por la facilidad con la que los trasladaron. Sabían lo que tenían que hacer y lo estaban cumpliendo con precisión. Buenos nudos en manos y pies, diestra mordaza en la boca y expertos movimientos en sus captores hacían imposible cualquier resistencia.

Los llevaron en volandas hasta bien adentro de la cueva, y los dejaron caer en el suelo con rudeza. Isabel sintió que una piedra picuda se le clavaba en la espalda, y gruñó exasperada por su situación. Pero sus captores no se sintieron afectados por ello.

—Aquí no los encontrarán sus compañeros —bisbiseó una voz.

El otro murmuró algo.

—Los dejaremos abandonados. Si acaso, ya volveremos, pero de momento ahí se quedan. ¡Ojalá se pudran!

Isabel golpeó el suelo con ambos pies bien calzados

por las botas, de una manera desesperada. Entendía bien lo que hablaban. ¡Eran compatriotas suyos! Iban a dejarlos, a Palabras y a ella, en aquel agujero del que no podrían escapar porque estaban totalmente inmovilizados por las ligaduras. Sin duda eran miembros de la tripulación de la nao, pero no los habían reconocido y pensaban abandonarlos sin importarles su muerte segura. Los creían piratas.

¡Cielos, tenía que hacer algo para llamar su atención!

Giró sobre sí misma, procurando hacer todo el ruido posible. Uno de sus aprehensores soltó una palabrota en voz baja.

—A éste le voy a calmar —añadió, al tiempo que le soltaba un puntapié.

—Mejor sería matarlos —propuso el otro.

—No somos asesinos.

—Ellos no tendrían tantas consideraciones si estuviéramos en su pellejo. Les gusta la sangre.

—Vámonos. Cubriremos la entrada con matorrales, y así no los descubrirán.

Isabel, aún dolorida y furiosa por la patada, volvió a hacer ruido desesperadamente, tratando de hacerse entender.

—Éste quiere más calmante —rió el que le había pegado antes.

—Déjalo. En cuanto nos marchemos no se estará quieto. ¿Qué más da que haga ruido ahora o luego?

—Tienes razón. Salgamos cuanto antes.

Pero Isabel había conseguido desplazar ligeramente su mordaza, sin importarle arañarse con el suelo rocoso.

—¡A mí! —farfulló sin aliento por sus esfuerzos.

Los pasos que se alejaban se detuvieron instantáneamente.

—¿Qué ha sido eso?

—Me ha parecido una voz en castellano.

—Estos malditos conocen todas las lenguas. Será mejor que revisemos las mordazas.

Volvieron sobre sus pasos e Isabel notó que alguien se inclinaba sobre ella.

—Soy Isabel —dijo tan fuerte como pudo a través de la mordaza—. ¿Quién eres?

Los adivinó tensos, incapaces de creer lo que oían.

—Me parece que... hemos metido la pata —dijo una voz.

Uno de los dos golpeó un pedernal y las chispas saltaron hacia la mecha. Unos soplidos y la brasa enrojeció. Luego la aplicaron a un manojo de estopa y la llama disipó las sombras, llenando la cueva de luz.

Sobre ella estaba Mateo de Inurria, ciertamente confuso e inmovilizado por la sorpresa.

—Cielos..., si es Niña Isabel.

—Deja de tartamudear y suéltame, tonto —ordenó la muchacha imperiosamente, a duras penas, a través de la mordaza.

El alférez de la nao trató de soltar las prietas ligaduras con manos temblorosas por el nerviosismo.

—Perdóname... perdónanos..., creíamos que erais... —No acertaba a hilvanar una excusa.

Su compañero hizo lo propio con el marinero mudo.

—Y yo te he dado un puntapié —se lamentó desde el sitio en que estaba, arrodillado sobre Palabras.

Isabel se había arrancado por completo la mordaza.

—¡Os haré azotar en cuanto lleguemos a la nao! —decía en voz baja y tensa—. ¡Me las vais a pagar! ¡Me habéis golpeado y tratado como un fardo! ¡Estúpidos!

Palabras, sentado en el suelo, se frotaba las muñecas para restaurar la buena circulación de la sangre en sus manos, y empezó a decir algo con ellas, pero Isabel no estaba de humor para leer sus gestos.

El compañero del alférez se situó de rodillas ante ella, compungido.

—Perdóname. No sabía que...

La mirada de Isabel lanzaba llamaradas de cólera.

—¡Estaría bueno que sabiendo quién era me hubieras golpeado, pedazo de alcornoque! ¡Quítate de mi vista!

Era Alonso, el joven escribano* de la *Virgen del Pilar*, la persona encargada de llevar las cuentas a bordo y de hacer las compras de vituallas para la tripulación. Don Pedro María lo había acogido porque era hijo de un íntimo amigo suyo, el noble don Martín de Fonseca y Pacheco, conde de Villamediana que, no habiendo podido frenar la vocación marinera de su hijo, se lo había encomendado al célebre marino para que le iniciase en las tareas de la mar. Dada su inexperiencia, Alonso fue enrolado como simple escribano, tarea que hacía con meticulosidad, procurando estar siempre cerca del capitán y, de paso, de su hija. Isabel se había percatado de ello, pero en aquel instante no sentía simpatía alguna por él.

Se incorporó con autoridad, sin quejarse de su dolorido cuerpo.

—¿Cómo habéis llegado hasta aquí? ¿Qué ha pasado con mi padre? ¿Cuántos tripulantes han muerto? ¿Qué pensáis hacer para rescatarlos? Podríais haber estado luchando contra sus guardianes en lugar de molerme a patadas. Sois muy valientes con una mujer.

Mateo de Inurria sonrió levemente, repuesto de su sorpresa, dueño de sí.

—Te responderé, *Niña* Isabel. —Y recalcó mucho lo de niña—. Precisamente creímos que erais dos de sus carceleros. Ya noté algo raro cuando me pareció que luchaba contra un cuerpo demasiado... tierno.

—¡Alférez! —tronó Isabel—. ¡Ten la lengua!

—Con el respeto que debo a la hija de mi capitán —e hizo una leve, quizá burlona, reverencia—, te responderé por orden de preguntas. Llegamos a bordo de la nao, donde nos escondimos para no ser hechos prisioneros o ejecutados. Hace rato que desembarcamos y seguimos las andanzas de esos granujas hasta verlos inconscientes por el ron. De tu padre no sabemos nada. Ni si está prisionero —y su voz bajó el tono con respeto y dolor—, o ha muerto. Por lo que respecta a los tripulantes de la *Virgen del Pilar* ignoro la cifra de muertos pero no han sido muchos. Los piratas prefieren hombres vivos, porque siempre intentan convencerlos para que se unan a sus filas, más ahora que disponen de la nao que sólo los nuestros saben tripular en condiciones. Por lo que se refiere a qué vamos a hacer para liberarlos, está claro que intentaremos cuanto sea posible, más ahora que somos cuatro.

Palabras terció, repitiendo una vez más los gestos que desde hacía rato estaba realizando para intentar dar su opinión:

—No es momento de discusiones. Estamos perdiendo un tiempo precioso. —Palabras movía las manos frenéticamente—. Pueden descubrirnos.

El alférez, por su rango, trató de hacerse con el mando, y ordenó:

—¡Atacaremos ahora! ¡Seguidme!

Pero Isabel era de otro parecer y no se movió:

—No sabes lo que dices —se enfrentó—. Estamos agotados y muy mal armados. Antes hemos de planear lo que debemos hacer.

—Pero... nuestros compañeros... tu padre... —Mateo de Inurria se sintió incómodo ante la oposición de la muchacha—. El deber de todo militar es liberar a sus compañeros. Otra cosa es cobardía.

—Eso es una tontería. —Isabel no se daba cuenta de que su conducta era una insubordinación hacia el militar de mayor graduación del barco—. Nuestra ventaja está en que ignoren que tienen enemigos en la isla. Sólo así podremos sorprenderlos.

Palabras, ignorando el grado del alférez, se mostró conforme con Isabel.

—Tiene razón. La chica es lista.

El alférez comprendió que aquella idea era mejor que la suya y rectificó, tratando de no dejar malparada su autoridad.

—Verdaderamente estamos agotados. Será mejor esperar.

—Nos esconderemos en el oeste, en la otra parte de la isla —señaló Isabel.

La muchacha dio media vuelta e inició la marcha, resueltamente. Palabras la siguió, acatando las decisiones de la hija de su capitán.

MOMENTOS DIFÍCILES

Cuando llegaron a la playa del oeste de isla Perdida era muy de madrugada. La fatiga y el esfuerzo del camino, al escalar algunos fuertes desniveles de la montaña que partía la isla prácticamente en dos, consiguió secar en parte sus ropas. Aun así, tan pronto establecieron su campamento, Isabel se quitó las prendas que llevaba y las cambió por otras que había traído en el fardo sacado de la nao, resguardada por su fiel Palabras. La ropa húmeda la puso, junto con las del resto de sus compañeros, al abrigo de la hoguera. Luego, sintiendo todos el bullir de sus estómagos reclamando comida, trataron de dormir, cosa fácil con el cansancio que sufrían.

Pero Isabel despertó antes de que saliera el sol. La incomodidad de dormir en el suelo de arena y los primeros cánticos de los pájaros en la floresta la devolvió a la realidad mientras que sus amigos seguían como troncos. No quería pensar en ello, pero su angustia crecía con la ausencia de su padre y el desconocimiento de la suerte que había corrido. Sabía que don Pedro María era un luchador soberbio, con temple admirable y fortaleza poco común, pero tampoco ignoraba que los piratas eran feroces y despiadados. Impedía que sus lágrimas corrieran libremente por sus mejillas el saber que rara vez los piratas ejecutaban a un prisionero que podía proporcionarles una buena paga por su rescate. No eran tontos, y menos que nadie Brazo de Hierro. Éste habría tenido buen cuidado de que ningún enloquecido y bastardo secuaz suyo derrochara una buena bolsa de oro, llevado por su sanguinaria condición. Claro que la temeridad de un porfiado luchador como su padre podía haber provocado el desastre.

Estos pensamientos contradictorios pasaban enloquecidos por la mente de Isabel, volviéndola literalmente loca de sufrimiento. Ahogó un sollozo y apretó los puños tanto como los ojos, no queriendo seguir con tan funestas ideas. Era la primera vez que se separaba de su padre y capitán. Sentía adoración por él, pues había hecho de padre y madre para ella. A su lado había crecido y se estaba haciendo mujer. Las confidencias e intimidades que toda muchacha tiene normalmente con su madre las había derivado hacia el bravo marino. Éste podía ser muy duro con sus hombres, pero era tierno hasta el límite cuando se trataba de su hija. La había educado en una mezcla de feminidad, a su manera, y de rigor masculino. Aparentemente era una niña, pero con facilidad le salía a la superficie un genio y un temple muy bravo, de marino endurecido en el trato con la mar océana. Una dureza de acero, bajo una piel fina y sensible, dorada por el sol y el aire del mar, que cubría un cuerpo que hacía volver a los hombres la cabeza cuando se encontraban con ella. Pero Isabel no se sentía halagada por ello. Despreciaba galanteos y miradas tiernas, ignoraba —porque no quería entrar en ese mundo— las artes del amor, y no se sentía inclinada a compartir un día la vida con un hombre, por muy atractivo que éste fuera. Ella prefería la vida de marino, el puente de un navío y una buena borrasca a los bailes de salón. Puesto que la vida la había llevado por aquel camino, se sentía satisfecha con lo que tenía: un padre, un barco y el ancho mar para navegar. Sabía hacerlo, no en vano había estudiado en Sevilla, en la Universidad de Mareantes, hasta conseguir saber cuanto un buen piloto debía conocer. No fue fácil lograrlo y obtuvo el título y los conocimientos que su padre consideraba imprescindibles para que la acompañase. Luego, el ejemplo práctico del capitán en todas las maniobras, logró hacer de ella otro capitán. Isabel había vencido en aquel duelo con su padre, hasta que éste había acabado por admitirla como uno de sus mejores marinos, si bien trataba de alejarla de tan rudo oficio a bordo.

El crujido de la arena le hizo abrir los ojos. Palabras caminaba hacia las olas desnudo. Visto por detrás, mostraba unos músculos muy recios y unos brazos poderosos. Isabel no se inmutó por su falta de calzones: había navegado demasiado y había vivido muchos percances, por lo que su mirada era indiferente a la verdad de los cuerpos.

Palabras nadó un buen rato, haciendo sus abluciones matinales. Luego regresó a la playa, hizo unos ejercicios gimnásticos para secar su piel al sol, y empezó a vestirse.

Isabel fue a su encuentro:

—Nadas muy bien —saludó.

Palabras fingió enfadarse, terminó de enfundarse los calzones, y protestó con sus manos:

—Es lo malo de tener una mujer a bordo: uno nunca se siente libre para ir como quiera.

—Te conozco demasiado bien: ya en tiempos de mamá vivías con nosotros. Me has criado.

—La leche que mamabas era de vaca, no mía.

De alguna manera se sentía avergonzado. Se alejó en pos de su petate y revolvió en él hasta encontrar una caja.

Volvió a la orilla a la par que sacaba un sedal y unos anzuelos, dando un rodeo para detenerse ante una palmera.

Isabel le vio agacharse y cavar unos instantes. Luego se incorporó sosteniendo en el aire, con expresión satisfecha, unos gusanos: era el cebo que buscaba.

La muchacha sumergió manos y brazos en las suaves ondas de agua y se lavó y refrescó someramente. Era cuanto podía hacer en sus circunstancias, rodeada de hombres.

Cuando terminó, Palabras sacaba del mar una barracuda* de buen tamaño, que se retorcía y agitaba una cola que parecía de plata con el brillo del sol en sus escamas.

Para entonces, Mateo de Inurria y Alonso ya se habían despertado y lanzaban miradas de hambre al pescado.

—Aviva el fuego, Alonso —pidió el alférez.

Luego se acercó a Isabel, vestida con un corpiño sin mangas y pantalones.

—Ya ha salido el sol —saludó con visible intención galante.

—Tarde te has dado cuenta. —Isabel fingió no entender la intención de aquella frase—. Palabras ya ha procurado el sustento de todos.

Mateo se aproximó un poco más y murmuró:

—Anoche mostré una burla inadecuada. Lo siento.

—Menos mal.

—Quiero que nos llevemos bien. Te admiro demasiado.

—¿Qué admiras en mí, alférez? ¿Mi inteligencia?

—Todo. —Y recorrió con su mirada el cuerpo de Isabel.

Ella estaba seria. No parecía dispuesta a admitir el galanteo.

—En la vida, todos tenemos un puesto. Olvidarlo, trae problemas.

Fue como una bofetada en pleno rostro. Mateo de Inurria retrocedió un paso, confuso y dolido.

—Perdón. —Le costó decirlo.

—Hay cosas importantes que resolver. Pero mejor será comer algo antes.

Fue a donde estaban sus cosas, recogió las prendas

que se habían secado en torno a la hoguera, y se alejó, metiéndose entre la espesura. Palabras, sin decir nada, se situó a medio camino, sobre las huellas de la muchacha, dando cara a los dos hombres, como con descuido, mientras con su cuchillo quitaba las escamas del pez que había pescado.

El alférez y Alonso dieron media vuelta y corrieron hacia las olas para refrescarse.

Cuando volvieron, ya vestidos, el pez humeaba sobre las brasas, atravesado por una rama que lo sostenía lejos de las llamas, pero al calor de éstas. El aroma era delicioso, sobre todo por el hambre que tenían los cuatro.

Alonso trajo unos cocos que habían caído de las altas palmeras, y los golpeó hasta abrirlos. Su agua como el néctar fue bien recibida antes de dar buena cuenta del pescado asado. El primer coco fue para Isabel, que sonrió al muchacho:

—Eres muy amable.

Al principio todos tenían prisa por comer, y lo hicieron en silencio, con voracidad, pero poco a poco fue aquietándose su hambre. El tamaño del pez daba de sí para calmarles.

—Démonos prisa: hemos de acudir en ayuda de nuestros hombres —ordenó el alférez.

—¿Sin un plan? —preguntó suavemente Isabel.

—No hay más que un plan: rescatarles. Y eso vamos a hacer.

—¿Cómo?

—Luchando contra todos los que se nos pongan

por delante —replicó ciertamente adusto el oficial—. Como alférez de la nao me corresponde...

La muchacha avanzó su barbilla.

—No estamos en la mar. Eres alférez, sí, pero sólo a bordo. Además, mi padre no está presente, seguramente ha muerto. —Su voz estuvo a punto de quebrarse, pero se rehízo—. En tal caso, soy su heredera y, por tanto, la nao me pertenece.

Era mucho más de lo que podía soportar un hombre del temple del vasco.

—¡No aceptaré el mando de una mujer... de una chiquilla! —casi gritó.

Alonso miraba con los ojos muy abiertos a la pareja que dirimía su autoridad. Palabras, por su parte, parecía ajeno a todo.

—Ya sé que eres hombre —respondió muy serena Isabel—. Y que crees que por serlo eres más que yo. No veo la razón. Tenemos diferentes cuerpos, con distintos atributos, pero un hombre no es más que una mujer. Me llamáis Niña Isabel, y lo soy, pero eso sólo significa que tengo menos años que tú, unos pocos tan sólo, no eres tan veterano. Pero no es ésa la cuestión: el problema es que piensas, como la mayoría de los hombres, que una mujer tiene el cerebro menos desarrollado que un hombre, que es poco más que una tonta, útil sólo para galantearla, para gozar con ella, para dar hijos y para que se ocupe del hogar. Y para que diga sí a todo lo que manda su amo y señor. —Hubo una pausa muy larga, que nadie se atrevió a romper, con el murmullo de las olas en la playa como fondo—. Yo no pienso así —terminó Isabel solemnemente, sin alzar la voz, muy segura de sí misma.

Mateo de Inurria se había puesto muy pálido, pese a lo atezado de su rostro. Abría y cerraba los puños, presa de la cólera. Nadie le había hablado así, y menos en público.

—¡Jamás una mujer ha mandado un barco! ¡Ni jamás ha sido capitán de una tropa! —Se le atropellaban las palabras, y acabó—: Merece otro respeto.

—Me gusta lo del respeto. Cuando los hombres aprendáis a respetar a las mujeres, sin duda el mundo irá mejor.

De pronto, parecía que se había roto todo cuanto unía a aquellos marinos. Como demasiadas veces ocurre en los afanes humanos, el orgullo separaba en los momentos más necesarios de unión.

—Es... de... locos... —acertó a articular el marino—. Eres demasiado frágil para enfrentarte a esos piratas... Te destrozarán... Debo impedirlo por la memoria de tu padre...

—Está claro que no tengo tu fuerza —aceptó, conciliadora.

—Ya sé que eres valiente, y que sabes manejar la espada como nadie, pero morir y matar es cosa de hombres. La mujer está hecha para... para... la vida... —Mateo no acertaba a encontrar las palabras.

—Una mujer puede hacer lo que haga un hombre. Tiene otras armas que no son la fuerza, y una de ellas está aquí —y se tocó la frente—, siempre que tenga algo en la cabeza. Y yo lo tengo.

El alférez se levantó, fuera de sí.

—Está bien. Manda tú.

Isabel movió la cabeza, agitando su dorada cabellera. Sus ojos verdes se clavaron en el marino con firmeza:

—No pretendo dar órdenes, sino que se me escuche. De igual a igual.

La brisa fresca llegó hasta ellos y por un instante lo enseñoreó todo. Luego se interrumpió. Al hacerse el silencio, pareció que los malos humores se hubieran ido con ella.

La muchacha se levantó y en silencio fue hasta la orilla, donde se lavó las manos en las limpias aguas azules, quitándose de ellas los restos del pescado.

El sol arrancaba reflejos dorados en el mar. Había una quietud impresionante. La inmensidad del océano estaba ante ella, sin nada que la turbase, como en el principio del mundo, ajena a luchas y amarguras. Todo el sufrimiento lo generaban los seres humanos: codicia, odio y pasiones sin freno eran el origen de tanta desdicha. Isabel sintió ganas de llorar. El destino de su padre la acongojaba. Para dominarse, permaneció inmóvil, con la mirada fija en el horizonte, conteniendo las lágrimas. No quería que la vieran llorar. No en aquel momento tan importante y tan grave.

Cuando salieron de Sanlúcar de Barrameda, hacía varias semanas, ¡qué lejos estaban de imaginar cuanto había ocurrido en los últimos días! Aun con todos los riesgos que esperaban a los marinos en su travesía, y que ninguno ignoraba, no pensaban en que la nao fuera a ser víctima de los piratas. El barco de su padre era un bravo velero, construido, como todos los de su clase, en los astilleros de Cantabria. Con la mejor madera para aguantar el peor oleaje, con unas líneas elegantes y muy marineras, bien pertrechado de cañones y de armas, y bien avituallado para llegar sin dificultades ni penalidades a los puertos del Caribe, donde debía dejar su valiosa carga; no en vano había sido fletado por la Casa de Contratación de Sevilla para transportarla. En sus bodegas, se almacenaban las mercancías que más se valoraban en el Nuevo Mundo: el hierro en planchas, clavazón y herramientas; el mercurio que se empleaba en minería para favorecer la extracción de la plata, y valiosas manufacturas extranjeras como telas holandesas, francesas e italianas, así como sedas españolas, que las mujeres criollas tanto valoraban: un comercio de lujo que se trocaba por valiosa plata. También llevaban en las bodegas de la nao vinos y aceites de España, tan apreciados, y productos agrícolas entre los que se encontraba una gran variedad de frutos secos.

Todo se había perdido. Mercancías y barco estaban en manos de los piratas y, lo que era peor, el destino de su padre, y seguramente también sus propias vidas, sin contar los muertos habidos en el abordaje.

Lentamente, Isabel volvió con los suyos.

—¿Qué podemos hacer?

¡SALVEMOS A LOS NUESTROS!

La decisión se tomó por unanimidad. Todos asumían el hecho de que carecían de fuerzas suficientes para enfrentarse a los piratas, pero también era seguro que sólo mediante la sorpresa podrían conseguir algún triunfo. Los hombres de Stuart de Klerk ignoraban la presencia en isla Perdida de Isabel y de sus compañeros, por lo que mantendrían la guardia baja. Si conseguían sorprenderles y rescatar al menos a parte de los tripulantes y soldados de la nao, estarían en condiciones de un enfrentamiento frontal. De lo que no cabía duda era de que debían intentarlo, aunque les fuera en ello la vida.

—¡Salvemos a los nuestros! —casi gritó Alonso, en un arranque de entusiasmo debido a sus pocos años—. Ahora o nunca.

Se prepararon de inmediato, pues poco era lo que poseían. En un instante revisaron espadas y pistolas, y emprendieron la marcha después del mediodía. Mateo de Inurria encabezó la línea de ataque, seguido de Alonso y de la muchacha; para cerrar la fila, el silencioso Palabras.

Volvieron sobre sus pasos de la noche anterior, cruzaron la isla, y se aproximaron a la cueva donde habían visto encerrados a sus compañeros. El avance fue lento y silencioso, midiendo cada paso, y asegurando un pie antes de levantar el otro para no hacer rodar guijarro alguno, ni quebrar las ramas de la espesa vegetación. El alférez se movía con extremada cautela, tenso como un gato, atento el oído a cualquier sonido que le revelase la presencia de sus enemigos, pero nada hacía comprender que éstos estuvieran cerca. Sin embargo, la cueva se hallaba a poca distancia.

¿Qué estaba sucediendo?

Permanecieron largo rato a la espera de algún sonido o movimiento. Los piratas tenían que estar próximos, mas no se les oía.

Mateo hizo señas a los suyos de que se quedaran quietos y él avanzó con más cuidado si cabe, en dirección a la cueva, aunque dando un largo rodeo. Isabel apretaba con fuerza la empuñadura de su espada, lista para entrar en combate, mientras Alonso se mordía los labios con nerviosismo y Palabras aprestaba su mosquete.

Al poco regresó el alférez tan sigilosamente como se había marchado, y anunció:

—No están.

—¿Qué quieres decir? —preguntó impaciente la muchacha.

—Se han marchado. No hay nadie.

—¡No es posible! No en una sola noche.

—No cabe la menor duda. Se los han llevado. No están ni nuestros compañeros ni los piratas. Tampoco hay cadáveres. No los han matado. Sencillamente, los han trasladado.

—¿Adónde? —terció Alonso.

—Tendremos que averiguarlo. Vamos al campamento pirata.

Ella asintió lentamente. ¿Qué otra cosa podían hacer?

Con el mismo cuidado caminaron hacia la pequeña bahía donde tenían su campamento los filibusteros.

Antes de llegar, oyeron sus voces.

Se detuvieron, agrupándose, y atisbaron por entre los macizos de flores que les rodeaban, casi embriagados por el enervante perfume que exhalaban. Situados bajo un jacarandá de gran porte y belleza, podían aspirar el aroma de las petunias y se extasiaron con el colorido de la flor de primavera o flor de mayo, que crecía en grandes ramos a su alrededor.

¡Allí estaban sus compañeros, trabajando en la nao, desmontando el timón destruido por la andanada del *Luna de sangre*, y cambiando la tablazón dañada! En torno a ellos, había un numeroso grupo de piratas, con mosquetes y pistolas en las manos, vigilándoles estrechamente para que ninguno pudiera huir ni rebelarse. Incluso, varios de ellos vigilaban sobre una lancha, a cierta distancia en el agua, para asegurarse de que los prisioneros no pudieran hacer nada salvo acatar la orden de reparar la nao. Otros trabajaban en la recuperación del trinquete del *Luna de sangre*, abatido por la artillería española.

—Es una locura atacarles ahora —admitió Isabel—. Son demasiados y están alerta. Tendremos que esperar a que sea de noche y se duerman o se emborrachen.

El sol caía rápidamente. Sonó un silbato. Stuart de Klerk se acercó al grupo de vigilancia.

—¡Basta por hoy! Apenas hay luz para trabajar. Mañana seguiremos.

Los piratas empezaron a dar voces de mando, obligando a los españoles a que regresaran a la orilla.

—¡Contadlos! —ordenó el capitán—. No quiero que ninguno escape.

En unos minutos, los prisioneros formaban una doble fila, como si fueran a realizar alguna maniobra militar.

—¿Están todos? —preguntó De Klerk.

—No falta ni uno —respondió el que parecía llevar el mando de la guardia—. Son listos. Les advertí que los convertiría en pasto para los tiburones si intentaban algo.

—No seas bestia, Masters —replicó adustamente el capitán—. Todos son valiosos. Tengo para ellos mejores planes que matarlos.

Con el puño derecho en el ancho cinto del que pendían puñales, pistolas y espada, y agitando el izquierdo armado de garfio, el pirata se dirigió a sus cautivos.

—¡Escuchadme bien! —gritó con su vozarrón impresionante—. Soy un hombre justo. —Alguno de sus compinches rió—. Todos tenéis un precio, y yo he de sacároslo. Si queréis, podéis uniros a nosotros. Necesito hombres de mar, hábiles en hacer navegar la nao. Hombres valientes a los que no les asuste la pelea cuando venga, y que sepan disfrutar de una buena paga y un botín siempre generoso. A mi lado tendréis que jugaros el pellejo, pero así es la vida de un marino en estos tiempos; a cambio, ganaréis más oro y plata y perlas de lo que hayáis soñado en vuestra vida. Os facilitaré buenas ocasiones de divertiros con ron y mujeres en los puertos del Caribe, claro que algunos morirán en abordajes y saqueos —rió—; nada se consigue gratis en esta vida.

Siguió un silencio absoluto en la playa. Por las cabezas de la mayoría pasaban aquellas ideas prometedoras. Oro, ron y mujeres. Una vida al margen de toda ley, una vida de grandes desenfrenos, de locura y de barbarie. Una vida arriesgada, pero ¿qué habían dejado atrás, en sus pueblos de origen? Nada sino miseria y privaciones. Si habían accedido a enrolarse* en las naves españolas para surcar un océano tenebroso y llegar a un mundo nuevo era precisamente con la esperanza de conseguir fortuna, algunos a cualquier precio; otros, quizá, menos desaprensivos, tan sólo corriendo unos riesgos mínimos. Isabel se dio cuenta de que su tripulación, a la que consideraba próxima a ella y a su padre, no vacilaría en unirse a los piratas. Tuvo la certeza cuando escuchó decir al pirata las posibilidades que les quedaban.

—Claro que alguno puede sentirse decente. —Y lanzó una burda carcajada—. Ésos, los que no quieran navegar conmigo, vivirán cargados de cadenas hasta que su familia pague un buen rescate, y si no lo hay, nos divertiremos con ellos en una gran fiesta a bordo del *Luna de sangre*. ¿Habéis oído hablar de un juego muy divertido que se llama «pasar por la quilla»?

Stuart de Klerk se encaró con sus hombres.

—A vosotros os gusta, ¿verdad? Se atan las piernas y los brazos de un hombre con un cabo y se le pasa por debajo de la quilla, tirando desde cubierta. Yo no tengo la culpa de que la quilla de los barcos esté tachonada de moluscos de agudas conchas que desgarran la suave piel del que así es arrastrado... Si no se ahoga, no suele resistir más de dos pasadas. Cuando lo subimos a cubierta, si un tiburón piadoso no ha acelerado su fin, no es más que un fardo de huesos con algo de piel pegada...

La muchacha sintió el estremecimiento de horror de los que hasta entonces habían sido sus hombres. No cabía duda de lo que elegirían.

El pirata les volvió la espalda de pronto.

—¡No! —desafió, alejándose—. No me respondáis ahora. Pensadlo esta noche... Pensadlo bien... Mañana os lo preguntaré uno por uno. —Y de pronto se encaró otra vez con ellos, amenazador—: No os aconsejo que os sintáis valientes. Mirad lo que le ha sucedido a quien se atrevió a desafiarme. Miradle bien atado a ese árbol: el gato de siete colas no le ha dejado piel en su espalda mayor que una moneda. Sin agua y al sol de mañana, no llegará al anochecer. Lo he hecho como escarmiento para todos.

Hasta que no se metió en su cabaña, nadie se movió en la playa, ni siquiera los piratas que vigilaban a los prisioneros. Isabel estaba a punto de vomitar ante tanta maldad y tanta violencia. Palabras la sujetó por el hombro, consciente de cómo se sentía.

—Calma, niña —le dijo lentamente con sus manos.

La doble hilera de reclusos se puso en marcha, bajo las órdenes de los rudos carceleros. Isabel intentó ver si su padre estaba entre ellos, segura de que jamás consentiría en ponerse a las órdenes de Stuart de Klerk, pero se había hecho de noche y no era posible distinguir a nadie. El sordo arrastrar de pies sobre la arena fue el único sonido que llegó hasta ella. Había lo menos quince piratas armados vigilándolos, por lo que intentar algo era una locura.

Se agazaparon en la espesura para no ser vistos, confusos y asustados por lo que habían presenciado y escuchado.

El marino mudo acogió a la niña en sus brazos, mientras siseaba algo que quería ser tranquilizador con su boca mutilada. Mateo de Inurria y Alonso se dejaron caer en el suelo, abrumados por su difícil situación, sin habla, sin saber qué decir. Largo rato después de que hubieran desaparecido prisioneros y carceleros en dirección a la cueva que les servía de calabozo, empezó a serenarse la hija de don Pedro María. Y con ella, los demás.

—Nunca te abandonaremos —afirmó el alférez en un susurro.

Alonso se arrodilló a su lado y le cogió una mano.

—Daré mi vida antes de que te suceda nada —prometió, besándosela.

—No temo por mí, sino por mi padre —apenas consiguió decir ella.

UN AMIGO MÁS

Pasaron varias horas antes de que pudieran salir de su escondite. Cuando los piratas dejaron de moverse por isla Perdida, una vez hubieron cenado y bebido más de la cuenta, los marinos españoles tenían rígidos los músculos por tan prolongada inmovilidad. Dos ideas se imponían a las demás: la necesidad de comer algo para reponer fuerzas, excitado el gusanillo de los estómagos por el aroma de las viandas que los piratas habían asado en una hoguera, y la urgencia por conocer y asistir al desgraciado que, atado a una palmera, había tenido que soportar el suplicio del látigo de siete colas de Stuart de Klerk.

—Vayamos en auxilio del azotado —decidió Isabel, gateando por entre los macizos de flores.

Dando un rodeo en torno a la explanada, llegaron a donde estaba la víctima.

Se aseguraron de que no hubiera nadie en las proximidades antes de acercarse definitivamente. El azotado estaba inconsciente y no se movía, aunque de sus labios se escapaban cortos gemidos. Era evidente que su estado no podía ser peor. Isabel alentó al herido:

—Vamos a salvarte. Ten ánimo.

No obtuvo respuesta a sus prometedoras palabras.

Con el cuchillo cortó las ligaduras y el cuerpo del marinero se desplomó sobre la arena. En la total oscuridad en que se hallaban no podían conocer su identidad. Tampoco prestarle los debidos cuidados. Tenían que trasladarlo a lugar seguro.

—Llevadlo a la orilla —pidió.

Alonso y el alférez lo hicieron con cuidado y rapidez, mientras Palabras corría a la cercana hoguera donde aún había un gran trozo de carne atravesado por el espeto del asador, abandonado por los ahítos aventureros.

Se reunieron en la orilla del mar. Isabel creía necesario lavar las heridas del azotado, cosa que hizo con el máximo cuidado, a tientas, sintiendo en sus dedos tiernos el surco de los latigazos en la carne y en la piel del herido. Los gemidos de éste aumentaron por el escozor de la sal marina en sus heridas. Era un sufrimiento adicional, pero la muchacha sabía que era el mejor tratamiento que podía proporcionársele en aquellos momentos.

La luna brillaba en el cielo, y sólo el suave oleaje rompía la quietud de la noche. Mateo de Inurria y el joven Alonso se mantenían tensos, vigilando que nadie les descubriera mientras Isabel atendía someramente al rescatado. Palabras, que había regresado de la hoguera con un pedazo de carne de estimulante aroma, emitió unos sonidos, señalando algo con su mano, en la orilla.

—¡Una lancha! —exclamó Alonso, en voz baja.

Efectivamente, era la embarcación desde la que los piratas habían vigilado a sus prisioneros, mientras éstos trabajaban en la reparación de la nao española, atracada a cierta distancia, junto al *Luna de sangre*. La mole de ambas naves componía sombras siniestras en la oscuridad de la noche. En las circunstancias en las que se hallaban, disponer de una embarcación y de la inmensidad del océano era un seguro de libertad.

—¡Cuidado! —advirtió el alférez, señalando hacia las cabañas de los piratas.

Todos se tumbaron en la arena, como tortugas que salieran del mar para desovar en la playa.

Un pirata había salido y caminaba tambaleante unos pasos para orinar. No parecía preocupado ni al acecho de lo que sucediera a su alrededor. Por fortuna, estaban todos demasiado confiados.

Cuando retornó a su sueño, dentro de la cabaña, Isabel susurró:

—No podemos llevar al herido a través de la isla sin correr grave riesgo. En la lancha la rodearemos hasta nuestro campamento, ¿no os parece?

La idea les resultó adecuada y poco después navegaban silenciosamente, bogando* con suavidad, rumbo al oeste de los acantilados.

Llegaron cuando el resplandor del sol apuntaba por oriente. Palabras corrió al límite de la playa y acopió varias brazadas de hierba seca sobre las que echó su frazada, a modo de cama para el herido. Mateo y el muchacho llevaron en volandas al inconsciente marinero y lo depositaron con sumo cuidado. Isabel se inclinó y le volvió la cabeza. La luz era suficiente para distinguir sus rasgos.

—¡Es Simón Vélez, el contramaestre de la nao!

Se quedaron mudos de emoción, pues apreciaban su valor, su hombría de bien y su profesionalidad como marino.

—¡Dios sea loado por habernos permitido rescatarlo! —murmuró el alférez—. ¿Podrás hacer algo por él, niña?

La muchacha asintió mientras acariciaba el pelo del herido.

—Lo voy a curar. Os lo prometo.

Las horas pasaron tensas, casi en silencio, intentando todos ayudar a que el curtido contramaestre volviera a ser el mejor marino que conocían.

Por su parte, Isabel abrió su inseparable valija de cordobán y, de su interior, extrajo bolsitas con olorosos contenidos y frasquitos con extractos de plantas medicinales.

—Necesitaré agua dulce.

Palabras y Alonso corrieron hacia la espesura en busca del preciado líquido, mientras la muchacha preparaba unas misteriosas mezclas en un platillo de plata que formaba parte de su milagroso botiquín. Cuando los dos hombres regresaron con varios cocos, llenos de agua, que abrieron a punta de machete, Isabel hizo unos emplastos con las anchas hojas del lampazo mayor ante la mirada curiosa y admirativa de sus compañeros. Antes había limpiado y desinfectado las terribles heridas de la espalda con pétalos de flores de azucena, macerados en aguardiente de alta graduación durante varios días. Todos sabían en el barco que ella tenía una rara virtud y extraños conocimientos para emplear hierbas y plantas que lo mismo podían curar las más variadas enfermedades, como adormecer a los más levantiscos o, si llegaba el caso, matar en silencio; nunca lo había hecho, pero nadie dudaba de su poder y de sus conocimientos. Una vez preparada la papilla curativa se dispuso a aplicarla sobre las terribles heridas de la espalda de Vélez. Le habían azotado con saña, no como castigo para que escarmentase, sino para matarle con el máximo dolor. La carne había desaparecido de varios puntos de la espalda, y toda ella era como un morcillo picado presto para el puchero. Tendría que sufrir mucho antes de recuperarse, si es que conseguía reponerse de los estragos del castigo. Lo más peligroso era que se infectaran las heridas, y lo más difícil sería alimentar al inconsciente marino para que su enorme vitalidad hiciera lo demás. Isabel lo explicó a sus compañeros, haciéndoles ver lo delicado de la situación. Tendrían que estar día y noche en vela, junto al herido, proporcionándole agua, alimentos y curas continuas.

Al amanecer del cuarto día, Simón Vélez se movió por vez primera y gruñó algo. Isabel dio el aviso, y los demás corrieron junto al contramaestre.

—¿Qué... me... ha... pasado...? —apenas logró articular.

—Estás con nosotros, Simón.

El marino volvió a bajar la cabeza, cerrando los ojos por el dolor de su espalda al intentar incorporarse.

—Esa maldita hiena... Mataré a ese pirata aunque no haga otra cosa en mi vida —gruñó entre dientes, recordándolo todo.

—Te rescatamos —informó Isabel.

—Gra... cias. Tu padre...

Isabel puso su oído junto a la boca de Vélez.

—¿Qué sabes de mi padre? ¡Habla, por Dios!

Con gran esfuerzo, el marino siguió:

—Nada. No sé dónde está. Nadie lo... ha visto. Yo... pretendí que todos se rebelaran contra los... piratas, pero de nada sirvió. Y ese bastardo me azotó para escarmiento de los demás.

Palabras puso un paño húmedo en la boca reseca del contramaestre, que chupó con ansia, febrilmente.

A partir de ese momento, Simón Vélez fue recuperándose con rapidez. En los días que siguieron empezó a incorporarse y a hablar con sus libertadores. Los cuidados de Isabel surtían efecto, y casi se veían cicatrizar las terribles heridas. Las pomadas que la muchacha preparaba en su pequeño mortero obraban maravillas, manteniendo flexibles las heridas para que éstas cicatrizasen. En el futuro, la espalda del marino sería testimonio de la maldad y la crueldad de los piratas del Caribe. Una lección para todos cuantos se adentraran por aquella parte del océano.

Informado de todo cuanto había ocurrido en aquellos días, desde el abordaje de Stuart de Klerk, el contramaestre dio su opinión:

—No podemos hacer nada contra esos malditos. Carecemos de hombres y armas suficientes para atacarles. Yo propongo que nos marchemos de isla Perdida en esa lancha, y que regresemos cuando hayamos reclutado una dotación suficiente para darles el castigo que merecen.

Isabel apoyó el plan.

—Llevo pensándolo varios días. No muy lejos debe de estar isla Tortuga. He consultado mis cartas marinas y creo saber dónde nos encontramos, partiendo del punto donde fuimos asaltados. En isla Tortuga hay muchos aventureros que por una buena soldada nos acompañarán.

—¿Cómo les pagaremos? —preguntó Mateo, incrédulo.

—Con la promesa del botín que alcanzarán si vencemos a Stuart de Klerk. Conocemos la guarida donde esconde sus tesoros.

Isabel había pensado en todo.

ENCUENTRO EN LA TORTUGA

Isla Tortuga, situada al norte de La Española, primer punto del nuevo continente tocado por Cristóbal Colón en su viaje del Descubrimiento, era uno de los lugares preferidos por los piratas del Caribe, junto a Jamaica y su capital Port Royal. Una abigarrada comunidad de desesperados de todas las razas que habían ido a parar a una isla de jugosa vegetación, altas y hermosas palmeras, suaves colinas y flores con los mil colores del arco iris. La isla era refugio seguro donde recalaban todos los aventureros para poner en venta el producto de sus pillajes, reparar sus naves, avituallarse, descansar de sus correrías y vivir las más salvajes francachelas, en compensación por las muchas privaciones de la siempre difícil vida marinera. No había más ley y más orden que los que dictaban ellos mismos, y se regían por elementales normas de convivencia. Era una isla abierta a todos, mas no todo estaba permitido, y lo que menos se toleraba era que alguien se dedicara a robar a sus compañeros en aquel refugio sin ley. El que así se comportaba no tardaba en ser colgado por el cuello, sin juicio ni trámite alguno, para que reflexionara sobre el gran principio de que se les debía un respeto a sus camaradas. El problema era que a los así tratados les faltaba tiempo para arrepentirse de su mala conducta: las sogas se obstinaban en cortar la respiración antes de poder pensar en lo reprobable de sus actos. En este trance, todos pataleaban y bailaban colgados de la horca, en busca de un asidero a sus pies, lo que precipitaba un final que, de no ser dramático, hubiera resultado cómico.

La Tortuga era una nutrida aglomeración de cabañas, barracones y torres, dedicadas en su mayor parte a servir de hospedaje a los filibusteros. Una casa sí y otra también era una hostería o una cantina, donde corría el vino, la cerveza o el recién elaborado ron fabricado a partir de la caña de azúcar. En esos garitos había a cualquier hora del día y de la noche una comida caliente, un lecho no excesivamente limpio, unos naipes o unos dados para jugarse las ganancias de los pillajes, así como abundantes mujeres aventureras caídas de cualquier nacionalidad: blancas, morenas, rubias, mulatas o negras para diversión de los rudos hombres que llegaban a la isla, como restos del naufragio de la humanidad.

Aunque había visitado con su padre los puntos más importantes del Caribe, Isabel se sintió impresionada por el multicolor y vocinglero espectáculo que se desarrollaba ante sus ojos, en las mal llamadas calles de la población. La tarde estaba avanzada, pero aún encontraron los tenderetes donde todo tipo de traficantes ofrecían mercancías que habían tenido otros dueños poco antes, comerciantes que habían perdido todo interés por sus pertenencias al encontrarse, a su pesar, en el fondo del mar. Candelabros de plata, finas cristalerías, piezas de seda, marfiles, lienzos, figuras de porcelana, broches con piedras preciosas, anillos con diamantes, esmeraldas, rubíes... Armas, ropas y aperos de todo tipo... La mercancía se hacinaba en los tenderetes, relatando una sangrienta historia. La muchacha respiró con fuerza, sobreponiéndose a los sentimientos que le despertaban aquellos objetos que procedían de barcos como el de su padre.

A su lado, muy atento a cuanto sucedía a su alrededor, iba Mateo de Inurria, la mano izquierda apoyada negligentemente en el puño de la espada que colgaba del tahalí, y su diestra junto a las culatas de las dos pistolas metidas en la cintura. Iban vestidos con ropas compradas en el desembarcadero. Isabel llevaba un pañuelo en torno a la cabeza, con la cola de los nudos sobre la nuca, ocultando su melena rubia y, cubriendo el pañuelo, a la usanza pirata, un ancho sombrero con el ala caída sobre la frente, para ocultar el rostro. Con pantalones y casaca, y una ligera capa sobre los hombros, parecía un muchacho, un hombre joven como cualquiera de los muchos que se veían deambular por calles y garitos, aunque menos fornido, porque malos tiempos eran aquellos para llegar a viejo, en un mundo sin ley.

Tras ellos, Alonso, sorprendido de cuanto veía, y el

veterano Palabras, tenso como una ballesta, dispuesto a todo para proteger a la muchacha. Simón Vélez, no repuesto del todo, se había quedado en el varadero, vigilando la lancha que los había llevado hasta isla Tortuga y necesitada de algunas reparaciones después de la larga travesía. Lo normal en las naves que llegaban hasta aquellas latitudes era pasar largas temporadas reparando palos, recosiendo velas o carenando* quillas cuyas tablazones había que calafatear o limpiar de la broma* que amenazaba con hundirlas convirtiendo en serrín sus cuadernas*.

Los días pasados en la mar, alimentados sólo con los peces que pescaba Palabras, les habían hecho desear comida caliente, guisos de cuchara con abundantes especias, carnes asadas con patatas que aquietaran los estómagos, pimientos y cebollas rehogadas, y rebosantes jarras de cerveza que saciaran la sed y les hicieran olvidar la salobre brisa tragada hasta entonces.

Alonso, más impulsivo y con el estómago más necesitado, señaló, jubiloso:

—¡Mirad! El lechón sonriente —rió, leyendo unas tablas que colgaban sobre la puerta de una posada, junto a las cuales se veía el dibujo torpe pero gracioso de un cerdo a dos patas, con hocico abierto en amplia risa—. Esto promete.

Se detuvieron, mirando a su alrededor. La casa de comidas parecía tentadora para sus necesitados estómagos. El cartel, escrito por un bromista en castellano, prometía buen ambiente, frente a otros muchos que avisaban de su contenido en idiomas tan variados como el inglés, el francés o el holandés.

—Entremos —decidió Isabel—. Comeremos y le llevaremos su ración a Simón. No nos separemos.

El alférez se asomó primero y no vio peligro aparente, así que hizo un gesto con la mano para que penetraran sus compañeros.

Se encontraron en una sala amplia, con grandes maderos a modo de columnas para sostener el piso alto y bastantes mesas rodeadas por sillas rústicas. Había abundante parroquia, que presagiaba buen yantar. El olor que llegó hasta ellos les dio un calambre en el estómago. Al fondo del comedor había un gran mostrador tras el que se veía una amplia cocina con grandes pucheros hirviendo en el fuego. Los cuatro se desplazaron hasta un rincón alejado, y se sentaron dispuestos a dar buena cuenta de lo que les sirvieran.

No habían terminado de acomodarse cuando ya estaba ante ellos un hombre grande y recio, bastante calvo, envuelto en un mandil que pretendía ser blanco en torno a un vientre más que generoso.

—¡Bienvenidos a mi humilde caserío, caballeros! —saludó ruidosamente con acento vasco—. ¿Un poco de chacolí?

—Y abundante comida.

—¿De muy lejos? —interrogó el mesonero, pasando un dudoso paño sobre la mesa para limpiarla.

—Del mar —respondió Isabel indolente.

El mesonero rió:

—¡Bien me está, por curioso! —bromeó el dueño de El lechón sonriente—. Todos hemos venido del mar. Incluso Shanti. —Y se señaló con el pulgar el pecho—. Pero yo antes que muchos. Y seguiré cuando los más inquietos se hayan marchado. Shanti sigue. No busca oro pero lo encuentra en las faltriqueras de sus clientes, si le pagan. Si no, acaba buscando en sus tripas lo que le deben. Pero yo no me enfado nunca. —Lanzó una ruidosa carcajada—. Soy muy buen amigo si son amigos conmigo.

—De acuerdo, Shanti —sonrió Mateo de Inurra—. Un buen puchero de judías con chorizos, morcillas, tocino y demás tesoros de El lechón sonriente, carne guisada, pan abundante y chacolí. Pero antes, para quitar la sal, unas buenas jarras de cerveza.

Durante la hora siguiente, los cuatro apenas intercambiaron palabras, saciando su apetito con las escudillas que Shanti puso ante ellos. Buen alimento y bien guisado. El cielo para quienes llevaban mucho tiempo en la difícil vida del mar. Terminaron con pitayas, bananas, guayabos, pomelos y demás frutas tropicales, sin dejar de vaciar sus jarras, por lo que al final se encontraron agradablemente relajados y con buen ánimo.

—Mi padre me contó que hay tanta carne de cerdo en el Caribe porque en La Española se han reunido una serie de vagabundos que se dedican a explotar los cerdos abandonados por la primera tanda de colonos españoles, que los dejaron sueltos al marcharse de la isla.

Los cerdos se hicieron salvajes y ahora los van cazando para sacrificarlos y vender su carne ahumada que llaman «bucan» y, de ahí, el nombre de bucaneros, por el que se conoce a los que trafican con su carne.

La explicación de Isabel, fue completada por el alférez.

—Los bucaneros son también los nuevos piratas de estas costas. Gentes que lo mismo se dedican a comerciar con cerdos ahumados, como a asaltar las ciudades costeras o abordar los barcos que pueden.

—He pensado en ellos para formar una tripulación contra Stuart de Klerk —aclaró la muchacha.

Palabras sacudió la cabeza, espantado.

Isabel rió:

—Eres muy timorato, Palabras.

Shanti vino hasta ellos, con la mejor de las sonrisas.

—¿Apetece un buen queso para terminar? —invitó—. Es de mi tierra. Idiazábal. No lo hay mejor.

—De *nuestra* tierra, Shanti —rectificó Mateo de Inurria, sacando una bolsa con monedas.

La sala se había ido animando con nuevos clientes. Al fondo, en dependencia contigua, se alzaban las voces en las proximidades de una mesa donde al parecer se estaba jugando fuerte. Saciado su apetito, los cuatro se incorporaron.

—Prepare una buena ración para un compañero nuestro, Shanti —pidió Isabel—. Nos la llevaremos. Y resérvenos habitaciones.

El mesonero sonrió, agradecido por la propina.

—La tendrán en seguida. Si mientras lo hago quieren tomar una copa de aguardiente de España, pasen a la cantina. Están invitados. No les aconsejo beber ese maldito ron que destilan por estas tierras. Es veneno.

Dejaron el comedor y pasaron a lo que llamaban cantina, aunque pertenecía al mismo local. De allí partían los gritos de los jugadores.

En torno a una mesa de recio tablero estaba planteada una partida de dados. Los curiosos miraban el desarrollo de las jugadas. Algunos, al verlos llegar, se hicieron a un lado, ofreciéndoles un hueco.

Un tipo de aspecto poco recomendable parecía ir ganando, a juzgar por sus risotadas y fanfarronadas. Tenía dos chirlos en la cara, uno de los cuales había desfigurado la órbita de su ojo izquierdo, dándole un talante tenebroso. Tres jugadores más estaban con él, evidentemente amigos o compinches. El quinto era un hombre delgado, fino, elegante, de oscuros ojos rientes y cuidado bigote de largas guías, bien recortado. Se le veía muy acicalado, y vestido con ropas caras. Ciertamente era un caballero. O lo parecía. Jugaba sin nervios, como burlándose de todo y de todos, sin importarle lo más mínimo ir perdiendo. Su compañero hacía sólo de comparsa. Ambos eran franceses.

En las dos tiradas siguientes, el de los chirlos volvió a ganar, lo que celebró con molestos gritos de superioridad.

—¡Te voy a desplumar, francés! —gritó.

En la tirada, los dados cayeron junto a la mano de Isabel. Ésta los cogió instintivamente, sopesándolos.

Se acallaron las voces ante aquella intrusión.

—¡No toques mis dados, maldito mequetrefe! —explotó el que iba ganando.

La muchacha siguió con la cabeza baja para no mostrar su rostro.

—¿Son tuyos, holandés?

Mateo echó mano al puño de la espada, mientras Palabras y Alonso acercaban sus dedos a las pistolas.

—¿Estás loca? —susurró el alférez—. ¡Le estás provocando!

La muchacha pareció no oír nada. Volvió a hacer saltar los dados en el hueco de su mano. Luego se quedó con uno, y sacó su puñal.

Antes de que nadie pudiera impedirlo, ella punzó con su acerada punta los orificios teñidos de negro del dado, haciendo saltar una esquirla de marfil.

En el gélido silencio que siguió, ella dijo serenamente:

—Creo que están *cargados*. Al menos, éste. —Y lo lanzó a la mesa, para que todos lo vieran.

El holandés barbotó una maldición, y posó su mano en el sable de abordaje, dispuesto a precipitarse sobre ella.

—¡Hijo de perra, te voy a...!

Pero vio por el rabillo del ojo que su rival en el juego sacaba su espada y se volvió en redondo, dando mandobles que hacían temblar el aire. El resto de jugadores y curiosos se retiraron prestamente, formando un amplio círculo en torno a los contendientes.

—¡Acabaré contigo, bailarín francés, y con este entrometido! ¡Nadie pone en ridículo a Jan Van Hoffen y vive para contarlo!

Los tres que participaban en el juego sacaron sus sables, y lo mismo hizo el acompañante del elegante caballero que estaba a su espalda. Cuatro contra dos, el duelo estaba desequilibrado. El alférez sostuvo del brazo a Isabel, para frenarla.

—Vámonos, ahora que es tiempo.

Los holandeses atacaron con furia a los franceses, que se las vieron y desearon para frenar aquel salvaje y ciego ataque, en el que eran minoría. El caballero del bigote se movía como buen espadachín, advirtió la muchacha. Conocía a fondo el arte de la esgrima, si bien los cuatro piratas que tenía enfrente actuaban como ciegos molinos con sus pesados sables. Uno de éstos dio una patada a un taburete al tiempo que gritaba:

—¡Es tuyo, Van Hoffen!

El taburete golpeó en los pies del francés, que trastabilló y cayó al suelo, desprevenido por el cobarde ataque, viendo cómo se le venía encima el pirata.

El sable le alcanzó el costado, y de la ancha herida brotó abundante sangre. Mala herida que le hizo perder la espada al tiempo que se sujetaba la brecha con la otra mano. Jan Van Hoffen rió como un loco mientras echaba mano de su pistola. Todos se detuvieron. Era un asesinato vil el que iba a cometer. Pero el francés no tembló. Con una sonrisa, le alentó:

—Dispara. Los cobardes actuáis siempre así: a traición.

Sin dejar de reír, el holandés se demoró, esperando ver el miedo en los ojos del caído. Pero antes, un puñal cruzó el aire y se le fue a clavar en la mano, atravesándosela de parte a parte. Soltó la pistola y gritó de dolor y rabia, al tiempo que se volvía hacia Isabel.

—¡Pagarás caro...!

Mateo de Inurria desenvainó la espada y la puso en el pecho del pirata, antes de que nadie reaccionara. Alonso armó sus dos pistolas y Palabras amenazó a los tres compinches del herido.

Los espectadores no daban crédito a lo que estaban viendo, y ampliaron el círculo de seguridad para evitar que los consideraran actores de la reyerta.

El alférez ordenó:

—¡Fuera, cobardes, si no queréis perder la vida!

Los cuatro empezaron a moverse, temerosos, y al ver que no les mataban allí mismo salieron, huyendo a la carrera, dando trompicones.

El herido, tumbado en el suelo, hizo un gesto caballeroso de agradecimiento.

—Philippe Legrand os agradece vuestra intervención, señores. No me importa morir, pero es molesto cuando se trata de una traición.

A BORDO DE LA *CUPIDO*

Antes de perder el conocimiento, el francés pidió a su amigo:

—Llévame a bordo, Gastón.

Pero Isabel, arrodillada junto a Philippe Legrand, decidió antes de que se lo llevaran:

—La herida es grave. He de taponarla o morirá desangrado.

Shanti acudió en aquel momento y empujó a los curiosos:

—¡Fuera! ¡Fuera! La diversión ha terminado. A beber todos.

Luego, se inclinó sobre el herido, comentando:

—Os habéis ganado un mal enemigo. Jan Van Hoffen no perdona. Es mal bicho. Un auténtico asesino. Tiene a toda la isla acobardada con sus desplantes y chulerías. Me molestaría que unos compatriotas fueran sus víctimas.

—Estaremos preparados —respondió la muchacha.

—Me pareces demasiado joven para la astucia y las malas artes de ese cobarde. ¿Es tu hermano? —preguntó a Mateo.

Éste asintió.

—Se llama Pedro.

—Cuida de él —sentenció el mesonero—. Tú pareces más prudente.

Isabel cortó:

—Basta de charla. Este hombre se nos muere. Necesito vendas, agua, y desinfectante. ¡De prisa! —urgió.

Shanti corrió al interior del mesón, para volver con rapidez. Mientras, Mateo susurró:

—Estamos en un buen lío. Ya has oído.

Pero ella tenía temple.

—Nunca me han gustado las cobardías. Se ve que tengo más sangre que tú.

Destapó el pecho del francés, mostrándose Isabel impasible ante la gran brecha por la que se le iba la vida al caído. Sus dedos hábiles limpiaron la herida y luego apretaron sus bordes con ceñida ligadura, para terminar con un vendaje en torno al torso.

—Necesito mi valija, Alonso —instruyó la muchacha—. Hay que trasladarlo a lugar seguro.

El compañero del francés, callado hasta entonces, intervino:

—Soy Gastón D'Arc. ¿Quieren ayudarme a trasladar a mi capitán a la *Cupido*? ¿O prefieren marcharse ahora que es tiempo, y pido ayuda al mesonero?

Isabel terció:

—Iremos con usted. Cogedlo.

En improvisadas parihuelas lo llevaron al cercano muelle donde estaba la *Cupido* anclada: una fragata* esbelta y de apariencia muy marinera, con un esplendoroso conjunto de velas. Desplazaba doscientas toneladas de arqueo, y tenía no menos de quince cañones en las bordas. Un barco muy belicoso ante cuya presencia se asustaría más de un mercante si se lo encontraba en mar abierta. Los tripulantes de guardia acudieron prestos al ver la comitiva que llevaba malherido a su capitán. Poco después se encontraban en la cámara principal; habían colocado a Philippe Legrand en la gran litera que ocupaba buena parte de la misma. Isabel marcaba lo que había de hacerse.

—Con cuidado, no puede perder más sangre.

Los vaivenes del traslado habían teñido de rojo el vendaje hecho en la hospedería. Philippe estaba inconsciente y tenía el rostro, tan curtido siempre, teñido de una palidez preocupante.

No tardó en llegar Alonso con la valija en la mano, rescatada de la lancha. Tras él, algo más lento, Simón Vélez se unió a sus compañeros, y de una ojeada se hizo cargo de la situación.

—Es una temeridad seguir a la vista de Jan Van Hoffen. Alonso me ha contado lo ocurrido. Debemos salir de la isla.

Las manos hábiles de la muchacha abrieron su valija, y empezaron a sacar vendas, pomadas, ungüentos y hierbas medicinales de su interior. También una cajita plana de la que eligió unas agujas e hilos blancos.

—Dejadme a solas con el herido. No quiero moscones murmurando a mis espaldas. Alonso, quédate.

El muchacho obedeció contento por un lado, pero preocupado porque ignoraba lo que debía hacer. Los demás fueron saliendo de la cámara, no sin gruñir algo entre dientes. Palabras, como siempre, se quedó en la puerta, armado con su gran cuchillo y cara de pocos amigos.

—Quítale el vendaje, Alonso.

Isabel enhebró la aguja, volvió a restañar la sangre de la herida, le puso unas hierbas en los bordes sangrientos, y luego los unió:

—Sujétalos bien fuerte —pidió a su improvisado ayudante.

Luego clavó la aguja en la herida y pasó el hilo, uniendo los bordes rasgados por el sable del holandés.

—No te desmayes o te abofetearé —amenazó la muchacha—. Necesito ayuda, no alguien a quien deba atender también.

Alonso dio un respingo, como mula azotada por el capataz, y se irguió aún más, sujetando los bordes de la herida. Todo le daba vueltas, y era incapaz de comprender cómo una muchacha, aparentemente tan adorable como Niña Isabel, era capaz de hacer aquella bárbara cura.

Mucho más tarde había sido contenida la hemorragia. El nuevo vendaje cubrió la herida, aliviada con hojas de equiseto menor; luego, Isabel administró al herido una tisana calmante, que ella misma le hizo beber. Cuando terminó, Philippe Legrand estaba infinitamente mejor. Por su aspecto sosegado se comprendía que tenía posibilidades de salir de aquélla.

—Hay que dejarlo dormir —instruyó, al salir.

Los miembros de la tripulación de la *Cupido*, enterados de lo sucedido, habían corrido al barco para estar al alcance de las órdenes de su capitán. Gastón D'Arc, sin duda el segundo de a bordo, rindió pleitesía a los salvadores de su capitán.

—Gracias en su nombre y en el de todos. Si lo desean les prepararemos otras cámaras donde descansar. Aquí estarán a salvo de cualquier ataque traicionero.

—Tenemos alojamiento en El lechón sonriente —rechazó Mateo—. Busquen a un cirujano que siga con las curas. Debemos emprender viaje.

—Pero antes volveremos mañana, para hacer otra cura al capitán —rectificó Isabel, impulsivamente—. De momento no necesita más cuidados.

Gastón D'Arc les tendió la mano:

—Cuenten conmigo y con todos nuestros hombres, si lo necesitan. El capitán está vivo gracias a Pedro. —Y miró a la muchacha, tomándola por lo que parecía.

Por la noche, ya en las habitaciones alquiladas en El lechón sonriente, una vez que hubo cenado Simón Vélez, Mateo de Inurria comentó, reunido con sus compañeros:

—Todo lo ocurrido ha sido una locura. —Rehuía la mirada de Isabel, pero se le veía rabioso; más aún, asustado por las previsibles consecuencias—. No podremos defendernos si los piratas de Jan Van Hoffen vienen a por nosotros. Ya habéis oído a Shanti: son implacables y, por supuesto, numerosos.

Siguió un largo silencio. Aparentemente, nadie tenía nada que decir. O esperaban la respuesta de la muchacha.

Ésta no se hizo esperar.

—No tienes mucha imaginación —dejó caer.

—Simplemente veo el peligro que tú no quieres entender. Eres demasiado impulsiva.

Ella posó la mano en el hombro del alférez.

—Tranquilo, Mateo. Antes, no teníamos nada. Ahora, ¿qué tenemos?

—Al más feroz pirata por enemigo. A Van Hoffen, si es que no te has enterado todavía. Ya son dos con Stuart de Klerk.

—No, Mateo. Te olvidas de Philippe Legrand y de su tripulación y de su barco —dijo muy suavemente—. Harán lo que les pidamos. No todas las batallas se ganan con la espada. Las más importantes son consecuencia de buenas alianzas.

El joven militar se sacudió, inquieto.

—¡No me gusta ese francés! Le miras con muy buenos ojos, pero es...

Isabel parpadeó. ¿Era cierto lo que notaba en la voz y en el gesto de Mateo de Inurria? ¿Eran celos?

—Me he preocupado de informarme. Shanti me ha dicho que Philippe Legrand es el granuja más redomado del Caribe. No hay mujer casada, soltera o viuda de estas islas que no haya estado en sus brazos. Todas lo saben y, a pesar de ello, todas le aman. Resulta irresistible. No es de fiar —insistió el alférez.

La muchacha rió:

—No creo que te vaya a seducir, si es eso lo que temes.

—¡No se trata de mí! —se enfadó—; sé defenderme.

—Si lo que has dicho es cierto, aquí somos cinco hombres. Recuerda que yo soy tu hermano y que lo seguiré siendo. A él, por lo que se ve, sólo le gustan las mujeres. Además, está muy malherido.

—Aun así, es mejor que nos marchemos cuanto antes.

—¿Adónde vamos a ir? ¿Pretendes que nosotros cinco, con una simple lancha de un solo palo, podamos hundir el *Luna de sangre* y vencer a Brazo de Hierro?

Mateo no acertó a responder. Isabel paseó por la estancia, dominando una vez más la situación. Palabras, Simón Vélez y Alonso tenían los ojos clavados en ella, atentos a sus instrucciones; era evidente.

—Sólo tenemos que estar muy alerta y no separarnos en ningún momento. Jan Van Hoffen también está herido. No intentará nada por el momento.

EL PIRATA SEDUCTOR

Buena parte de los días siguientes la pasaron los cinco españoles a bordo de la *Cupido*, Isabel para atender y curar a Philippe Legrand y los demás descansando en cubierta, familiarizándose con la nave y permaneciendo alejados de una posible emboscada de los holandeses.

Impuesta en su papel de cirujano, Isabel se pasaba el día haciendo pociones para el herido. Unas veces preparaba aceite de hipérico, poniendo en baño María un puñado de sumidades* floridas de hipérico, con aceite de oliva y vino blanco proporcionado por Shanti, hasta que hervía y se consumía el vino. El aceite de color rojo oscuro que se obtenía de esa manera activaba la cicatrización de la herida de Philippe. Otras plantas que empleaba por sus grandes virtudes cicatrizantes eran la azucena, el equiseto y el lampazo mayor. Si bien ella prefería los pétalos de las flores de la azucena, macerados en el aguardiente del hostelero vasco.

Bastantes días después, el herido podía moverse, aunque Isabel le mantenía férreamente tendido en su lecho para que la herida no se abriera. El francés reclamaba sin embargo su aseo diario, que llevaba a cabo un paje negro llamado Joseph. Éste lavaba, afeitaba, cambiaba de ropa y perfumaba a su amo con habilidad y presteza, siempre a solas, porque Isabel se apresuraba a abandonar la cámara para que Philippe hiciera sus abluciones en la intimidad.

Después de éstas, sintiéndose a gusto consigo mismo, el pirata francés volvía a llamar a su cirujano.

—Fuiste muy arriesgado, Pedro —recordó Philippe—. Se nota tu corta edad. Cuando tengas más años lo pensarás mejor antes de meterte en pelea ajena.

—Hice lo que debía.

—¿Por qué?

—Ese tramposo le estaba desplumando. Lo noté nada más caer los dados.

—¿Crees que no me di cuenta? Puedo parecer superficial, pero no soy estúpido.

—¿Por qué se dejaba ganar con tan malas artes?

—Le estaba dejando que cogiera confianza. Puesto que me ganaba en abundancia, dejaba que se encelase. Luego pensaba tirar los dados con sus mismos movimientos y le habría ganado usando sus artes, sin que pudiera acusarme de tenerlos *cargados*. Si eran buenos para él, eran buenos para mí. Pero te pusiste por medio y... De todas formas, la verdad es que nada me importa, ni la vida, ni el oro. Cuanto antes acabe, mejor —terminó sombrío.

La muchacha, en su papel de Pedro, gruñó descontenta.

—Metí la pata.

—Pero fue muy divertido. ¡Qué bien lanzas el puñal! ¿Dónde aprendiste a tirarlo así?

—En mi tierra —respondió, hoscamente.

Philippe rió de buen grado.

—Estás enfadado. Te sentías un campeador, y resulta que fuiste un pardillo.

Isabel, molesta, tiró lo que llevaba en la mano.

Legrand volvió a reír:

—Tienes mal genio. No es bueno a tu edad. Vamos, dame la mano y no me guardes rencor.

Se estrecharon la diestra, pero el francés no la soltó.

—Muy fina, muy... tierna... El brazo también. —La sujetaba con fuerza, impidiéndole retirarse, siempre sonriendo, sin dejar de mirarla, como una serpiente al pajarillo que intenta cazar. La otra mano subía por su brazo y de pronto aleteó en torno al pecho femenino—. ¡Cielos...! ¡Es verdad...! Como suponía, eres una... mujer... una niña... ¡Nunca me equivoco! Hace días que lo adiviné...

Isabel dio un violento tirón, para desasirse, y saltó hacia atrás, encendido el rostro. La diestra voló al cinto y sacó el puñal, cuya punta puso en la garganta del pirata.

—Le voy a...

—¿Matar? —Sacudió la cabeza—. Para eso no has estado cuidándome tantos días.

—No vuelva a tocarme o le juro que...

—No lo haré. —Repentinamente serio, añadió—:

No te fíes de ningún hombre. Y menos de mí. Me molestaba ser engañado... Pero sé guardar un secreto.

Los ojos de Isabel lanzaban llamaradas de furia y metió el puñal en su funda de la cintura.

—Me marcho. Por mí, puede morirse.

—No has terminado tu trabajo. Aún no estoy curado.

—¡No me importa!

—Oh, sí que te importa. Disfrutas sanando a un herido. No soy tan malo. En realidad, soy un granuja, un perdido, un desgraciado. Creo que conoces mi historia, o parte de ella, por eso te asusta que sepa quién eres... Pero debes creerme, yo puedo tener fama de conquistador, pero nunca he forzado a una mujer.

Se miraron largamente. En los ojos del capitán pirata había un rasgo de honradez que hizo vacilar a Isabel. Ésta, prietos los puños todavía, se mantenía alejada, cerca de la puerta de la cámara, no decidiéndose a abandonarla todavía.

—No te vayas. Por favor —pidió él—. Te contaré mi historia.

—¿Una mentira con la que ha engañado a todas las mujeres del Caribe?

—No; a ellas les hablo de amor, de viajes fabulosos, de tesoros escondidos cuyo paradero sólo yo conozco, de un castillo en Francia donde las convertiré en señoras... Ninguna lo es por estas islas, y les da vértigo imaginarse envueltas en sedas y joyas en la lejana, fantástica y aristocrática Francia.

Se hizo un largo silencio. La voz de Philippe Legrand era la de un conquistador: suave, convincente, modulada con habilidad de actor. La intención ponía una luz especial en sus atractivos ojos a la par que las palabras resbalaban por unos labios bien dibujados, bajo aquel bigotito irresistible...

Muy a su pesar, se encontró haciéndose estas consideraciones y dio un golpe en el suelo con su pie de niña rabiosa, enfadada con ella misma por lo que consideraba una debilidad. ¡No! ¡Nunca se dejaría seducir como las otras...!

—¿Cuál es tu nombre de verdad? Tiene que ser tan hermoso como tú.

—Isabel... Me llaman Niña Isabel —confió, bajando los ojos, arreboladas las mejillas, confusa como no lo había estado nunca antes.

—Niña Isabel... —dijo él en un susurro—. Quiero que me conozcas mejor.

EL PASADO VUELVE

Philippe Legrand se tendió cuidadosamente en su lecho, moviéndose poco a poco para evitar en lo posible el dolor de la herida. Antes de comenzar su relato, clavó los ojos en el artesonado de su cámara como si buscase en él sus recuerdos.

—Nací en el castillo de Morlaix, cerca de Lasneven, en Bretaña. Mi padre era vizconde de Morlaix, un hombre muy puritano y apegado a la tradición. Mi madre era más dulce. Recuerdo que me atendía de una manera especial, no en vano era yo el menor de sus dos hijos. Siguiendo la tradición, mi hermano Robert heredaría el título y la hacienda familiar. Que era bastante importante. Como segundón, yo debía ser sacerdote o militar. La verdad es que no me sentía atraído por la vida religiosa así que opté por acudir a la Escuela de Marina de Brest. Mi hermano Robert era muy interesado, siempre a vueltas con la rentabilidad de las tierras y el servicio de los colonos a los que trataba de extraer el mayor jugo posible. Por mi parte, me gustaba más la caza, la vida alegre, las diversiones... No éramos más que hermanos, en absoluto amigos. Es más, creo que nos llevamos siempre mal. Como era cobardón y yo muy travieso, gozaba con empujarle, hacerle la vida imposible y reñir con él, arrojándole por el suelo y haciendo que destrozase sus siempre impecables trajes. Ya te lo he dicho, nos queríamos muy poco. Un día, la riña fue a más y yo le tiré al suelo con desacostumbrada violencia, de tal suerte que fue a golpearse el rostro con una gruesa piedra. Se rompió la nariz y se cortó la mejilla, y a consecuencia de ello su rostro quedó desfigurado. No excesivamente, pero sí lo suficiente para que nuestra indiferencia se convirtiera en verdadero odio por su parte.

Atardecía y por la lumbrera, a través de los cristales de colores que cubrían la escotilla, empezó a reducirse la luz del sol. La suave penumbra que envolvía la cámara parecía crear el ambiente propicio para las confidencias y los secretos.

Isabel, que se había sentado en un escabel cerca de la cama, no se movió para no cortar el relato que ya le emocionaba.

—Terminé los estudios en Brest, y Robert se hizo magistrado. Cuando vestía la toga estaba impresionante, tan alto, tan serio, tan por encima de las debilidades del mundo, situado más allá de cualquier miseria. Parecía la imagen del orden y de la justicia, aun con aquella cara deformada impropia de un juez.

Isabel apenas dijo:

—¿Y no se reconciliaron nunca?

Philippe Legrand continuó:

—Lo intenté muchas veces. Los años de estudios nos habían alejado, y cuando ambos regresamos a casa tras la muerte de nuestros padres, parecíamos dos extraños. Le pedí perdón dos veces, y él desvió la conversación, ajeno a lo que le decía; sumido en sus cosas, en la administración de las fincas cuando estaba en el castillo, o en sus procesos, cuando residía en Brest. Yo no contaba para él, y la verdad es que no sabíamos de qué hablar cuando estábamos juntos. Así que seguí haciendo mi vida. Algunos viajes por mar, con el barco en el que era segundo oficial, y mis diversiones habituales en tierra. Mujeres en el puerto, algunos bailes con la oficialidad de la flota... Hasta el día en que conocí a Dominique.

Isabel notó que los ojos del herido empezaban a brillar más de lo habitual.

—Dominique fue para mí el principio de una vida nueva. Era muy joven, muy rubia, muy bonita. Parecía una aparición. El ideal femenino. Dulce, cariñosa, hermosa siempre, con el rostro más suave y fresco* que he conocido en mi vida, con una voz de niña, con ilusiones también de niña, con sueños deliciosos, con labios hechos para besar y ser besados...; creí morir cuando la vi en aquel baile, el primero de su vida.

»Era hija de un vecino de genio endiablado, aristócrata también, con posesiones al otro lado de Lasneven, huraño y avaro como un diablo. Era un milagro de la naturaleza que de aquel ser insufrible y materialista hubiera salido un retoño tan espiritual y noble, una auténtica flor. Nos enamoramos en seguida. Nos amamos tiernamente; yo me sentía como loco y ella perdía la cabeza al verme. Hicimos miles de proyectos y en todos estaba nuestra vida juntos, para no separarnos jamás. Incluso planeamos que yo dejaría la marina y me establecería en tierra, a fin de no alejarnos nunca el uno del otro. Viví unas semanas, unos meses en otro mundo; flotaba, estaba fuera de esta vida, me veía transportado a un nivel absolutamente irreal.

Pareció como si de su garganta escapara un gemido, inmediatamente ahogado.

—Era como tú, Niña Isabel.

La muchacha sufrió un estremecimiento, como si una corriente helada recorriera su espalda. Bajó los ojos, apretó los puños, encajó los dientes y puso la mirada en la tarima del suelo, no queriendo escuchar aquellas palabras.

—Estaba claro que íbamos a casarnos. Un día, cuando regresaba de Brest donde había pasado dos días de guardia en las atarazanas, subí a las habitaciones de mi hermano, sin cambiarme siquiera, con el polvo del camino encima. Quería plantear a Robert mi futuro para que me ayudara en nuestros proyectos de quedarme en tierra y amar a Dominique eternamente. Subí los escalones de dos en dos y empujé su puerta sin llamar.

Un ahogo acudió a la garganta de Philippe. Isabel se alarmó porque aquel sonido pareció la asfixia que un coágulo de sangre provoca en los pulmones. Pero no lo era. Tan sólo se trataba de un sollozo estrangulado.

—Allí estaba ella, con el vestido caído, entre los brazos de Robert, en actitud comprometida. Pensaban casarse, decían. Muy pronto, porque ella esperaba un niño. Robert le hacía promesas de amor, y le ofrecía su fortuna, sus tierras, y también las que mi madre había dejado para mí, pues, queriéndome tanto, quiso ignorar la tradición de que el primogénito debía quedarse con todo. «Haré que la herencia de mi madre no sea para ese estúpido de Philippe y pase directamente a ti, como dote de boda. Ya lo tengo resuelto. Como magistrado, no me ha sido difícil arreglar las cosas...» Noté un dolor tan agudo en el pecho, que pensé que me fallaba el corazón. No acababa de asimilar tanta maldad en ambos; tanta doblez en Dominique, tan pura e inocente; tanta falsedad en Robert, que manchaba su toga y su honorabilidad con tal de despojarme de mi herencia... Me marché. Fui cobarde. No me sentí con fuerzas para hacerles notar mi presencia y afear la conducta de ambos. Era demasiado. Tantas ilusiones destrozadas me hicieron sentirme tan débil, tan falto de energía, y tan pequeño y traicionado, que sólo tuve fuerzas para llegar a mis habitaciones y tumbarme en la cama, donde lloré y lloré durante días creyendo morir, deseando morir a cada instante. Pero no lo conseguí. Dios no me hizo caso y me permitió recuperarme y salir de mi abandono.

Una lágrima, gruesa y espesa, brillaba sobre la mejilla del herido, con el último reflejo del sol antes de desaparecer definitivamente en el océano.

En esta ocasión, el silencio se hizo tan largo que Isabel creyó que había finalizado la historia de aquella vida zarandeada por tantas amarguras. Pero Philippe continuó en un auténtico susurro, como en murmullo de confesionario.

—Pocos días después, Dominique volvió al castillo y, al no encontrarme porque permanecía encerrado en mis habitaciones sin querer ver a nadie, me envió una nota con el mayordomo. En ella decía que quería verme para hablar de nuestro futuro, y que me esperaría en el jardín de poniente, al atardecer. Estúpido de mí, creí que todo había sido un sueño e, incluso, me sentí feliz pensando en que la pesadilla había pasado, y que Dominique seguía amándome. Ni por un momento recordé que, según sus palabras, estaba encinta; no de mí, porque ambos habíamos sido mutuamente respetuosos, y no podía ser verdad que ellos no lo hubieran sido. Me vestí con ilusión para aquel encuentro maravilloso, y acudí al jardín de poniente, el más alejado de nuestra mansión, un lugar siempre solitario. No tardó en llegar. Estaba más hermosa que nunca, con un vestido azul vaporoso y un amplio escote pálido y joven. Me besó en la mejilla, lo que me turbó en extremo, y empezó a hablarme de proyectos, de cómo íbamos a vivir y de cuán felices seríamos... Al oírla perdí la cabeza y fui incapaz de imaginar siquiera alguna falsedad o doblez. La rodeé con mis brazos y, entonces, alguien me golpeó en la nuca. Eso fue lo último que recordé. Caí al suelo y antes de perder el conocimiento aún la oí decir: «Habéis tardado mucho, imbéciles. Vamos, lleváoslo a donde se os ha ordenado. Rápido».

La narración se hizo más animada, pasada la emoción de los recuerdos amorosos.

—Cuando desperté, estábamos en alta mar, a juzgar por el oleaje que golpeaba la quilla tan próxima en aquella parte de la bodega donde me habían arrojado como un fardo. Junto a mí había dos o tres cuerpos más. Mis ropas olían a alcohol y, desde luego, no eran las mías. Unos calzones y una camisa eran todas mis posesiones. Nada en mis bolsillos, ni un papel ni una moneda. Nada para identificarme. Cuando oí la puerta y los zapatones de un marino junto a nosotros, ya sabía lo que iba a sucederme. Éramos los últimos «voluntarios» que se habían enganchado como tripulantes para la dotación del barco. La explicación era, como tantas otras veces en tantos puertos, que estábamos demasiado borrachos cuando firmamos la boleta de enganche, y no nos acordábamos de nada. Una bonita mentira ante la ley. Era imposible que nadie creyera otra historia. Ni lo intenté. Como oficial, sabía que era práctica habitual enrolar a los borrachos que deambulaban por los muelles para completar una tripulación. Conmigo, habían seguido la costumbre.

Bebió del vaso que tenía sobre la mesita, y continuó:

—La travesía fue dura, porque alguien debía recibir los latigazos del contramaestre, y los principales candidatos éramos los últimos en subir a bordo. Intenté simplemente sobrevivir. No ser muy listo ni demasiado tonto. Me apliqué a la tarea de faenar a bordo, y así llegamos a Point-à-Pitre, en la isla de Guadalupe, donde deserté a la primera oportunidad. Desde allí, fui dando tumbos por el Caribe, hasta que una noche de ron y jolgorio me vi enredado en una partida de dados, de la que salí siendo propietario de esta fragata a la que rebauticé con el nombre de *Cupido*, en evidente burla al dios del amor. A la mañana siguiente, cuando su dueño recapacitó sobre su estupidez al haber arriesgado un barco tan extraordinario en una simple jugada de dados, pretendió que le devolviese lo que creía suyo. Fue muy penoso, pero al no avenirse a razones, hube de aplicarle mi estocada favorita en el transcurso del desafío que forzó, y a partir de ese momento no se interesó por nada más en esta vida. Su tripulación me aceptó como capitán y patrón, y con ella pirateé de isla en isla. Nada tenía sentido para mí. No me importaba morir ni manchar mi nombre, que no cambié.

»No he vuelto a saber nada de mi hermano ni de Dominique. Espero que, al menos, sean felices. Por eso yo, el hijo de un vizconde y oficial de la armada francesa, soy un pirata.

Ya era noche cerrada. Niña Isabel estaba conmovida por aquella historia que encerraba tanto sufrimiento hasta el punto de que sentía palpitar su corazón con desasosiego. Nunca había imaginado que la vida pudiera ser tan cruel con algunas personas.

Joseph llamó a la puerta y en una bandeja sirvió la cena a su capitán.

CLARO DE LUNA

Las habitaciones que utilizaban Isabel y sus amigos en El lechón sonriente daban a una amplia galería desde la que se veía el cercano mar. Era una noche hermosa como pocas. Tras la cena se habían retirado cada cual a sus alojamientos para descansar, y Niña Isabel salió a la balconada, atraída por la luna que inundaba de luz la bahía. Una brisa suave movía leves ondas en el mar, enviando reflejos de plata a tierra firme. Isabel se apoyó en el pasamanos y aspiró hondamente el aire refrescante de la noche. Estaba aún turbada por el relato de Philippe. El capitán de la *Cupido* la trastornaba porque sentía algo en su interior que nunca antes había querido conocer ni analizar. Era una atracción emocional. Cierto que el noble francés era apuesto y tenía la mirada franca y el hablar persuasivo, que sus ademanes eran refinados frente a las toscas maneras de la gente con la que hasta entonces había tratado y que de su porte se desprendía una elegancia singular. No sólo eso la emocionaba, sino la vida interior que había creído descubrir, aquellas vivencias, tantos sentimientos heridos, su destino inclemente. La atraía aquella vida que se había roto por el engaño de una mujer y por la ambición y el egoísmo de un hermano. Parecía como si una maldición hubiera alcanzado a aquel hombre, sin culpa alguna, hiriéndole en lo más hondo y empujándole a una vida al margen de la ley.

Se encontró diciéndose que sentía por Philippe un afecto especial, máxime desde que él había descubierto su condición de mujer. Nunca había jugado al amor con otros muchachos, menos con un hombre de los años de Legrand, y ni siquiera quería considerar la posibilidad de que, como mujer, sintiera alguna atracción por él. Ella no estaba hecha para el amor. No quería ese sentimiento. Lo consideraba una debilidad impropia de un marino como ella. Según había pensado siempre, estaba hecha para el mar, para surcarlo junto a su padre cabalgando los más osados vientos, pero nunca rindiéndose al sentimiento del amor, del que nadie le había enseñado nada y ella nada había aprendido, aunque en su interior notaba una llamita netamente femenina que no acertaba a conducir ni a contener.

Sacudió la cabeza y quiso alejar aquellas ideas de su mente. La inquietaban demasiado y no sabía cómo comportarse ni cómo superarlas. Eran confusas, turbadoras, latidos de un corazón vacío de experiencia, ante los que se sentía inerme y derrotada de antemano. Le hubiera gustado tener cerca a su padre para preguntarle y... —Se detuvo un instante en aquel deseo—. ¿Se habría atrevido a contarle a él, tan severo aunque tan amoroso, que el dolor de un hombre hacía nacer en ella sentimientos nunca conocidos antes? No; no habría sabido cómo iniciar la confesión y, menos aún, cómo expresar tan inaprensibles dudas, angustias y sentimientos.

Quizá lo mejor era apartarse de Philippe. Estaba prácticamente curado; al menos, había pasado el peligro. Todo era cuestión de seguir unas normas de higiene, evitar la infección y esperar que la naturaleza obrase. Pero, si lo hacía, si se alejaban de la Tortuga, ¿cómo podrían volver a isla Perdida, castigar el asalto de Stuart de Klerk y salvar a su padre, si todavía estaba vivo?

Era un magnífico plan el de conseguir la colaboración de Legrand a quien podría persuadir, sin duda, de que pusiese la *Cupido* y a su tripulación al servicio de asaltar y destruir el refugio del pirata que había saqueado la nao. Philippe no podría negarse; no, después de haberle salvado la vida. Además, la empresa era tentadora para la tripulación pirata: asaltar por sorpresa el *Luna de sangre* estando varado en su refugio, con la seguridad de que ninguno de sus tripulantes pudiera pensar en ser descubierto, y entrar a saco en sus tesoros, era un plan suficientemente atractivo para los atacantes. Ninguno lo rechazaría. La recompensa se prometía generosa en extremo.

—Me pareció oírte aquí... —La voz de Mateo de Inurria llegó hasta ella, sobresaltándola.

Retornando de sus reflexiones, Isabel se volvió para mirar al alférez.

Estaba en la puerta de su habitación, en la oscuridad, sin salir apenas a la galería.

—¡Estabas ahí todo el tiempo! —murmuró Isabel, incómoda por haber sido sorprendida en la noche, sin darse cuenta de que él no podía saber lo que pensaba.

—Te vi tan quieta, tan reflexiva que me pareció mal distraerte.

—Estaba pensando en todo cuanto ha ocurrido.

Mateo se acercó despacio, sin hacer ruido, cuidando de que la tablazón no crujiese bajo sus pasos para no delatar su presencia al resto de compañeros que estaban cercanos, en sus habitaciones.

Llegó junto a ella y buscó su rostro con la mirada.

—¿Te preocupa algo? —apenas musitó.

Ella sacudió la cabeza. Sus rizos dorados tuvieron un reflejo seductor.

—Creo adivinar lo que sientes.

Ella se mantuvo inmóvil, temiendo haber dejado sus pensamientos al descubierto.

—No te precipites. No; no me digas nada. Ve con cuidado, niña. Creo tener una responsabilidad sobre ti. Tu padre no me lo perdonaría. Además, yo... te quiero mucho. Reñimos con frecuencia, pero mis sentimientos son nobles. Eres como... mi hermana... más que una hermana, mucho más... —hablaba en susurros entrecortados.

—No sé de qué me hablas, Mateo.

—Ojalá no lo sepas; pero me da mucho miedo que te equivoques, que cometas lo que tu padre llamaría una... locura. Eres sólo una muchacha aunque tengas valor y genio y moral para luchar contra cualquiera. Estás ante una batalla que no se soluciona con una espada en la mano. Te puedes quemar...

Ella se impacientó y su voz se hizo imperativa.

—Insisto: no sé de qué me hablas.

—Yo sí. Te mereces lo mejor, mucho más que lo mejor. No hay tesoros para poner a tus pies a cambio de tu inocencia. Yo conquistaría el mundo para ti, pero...

—Mateo —cortó ella—, creo que no sabes lo que dices.

Pero su voz no era tan segura como sus palabras.

Se hizo un largo silencio.

—¿Por qué siempre acabamos riñendo, Isabel? Me gustaría que fuésemos amigos.

—Lo somos.

—No; nunca me miras con afecto.

—¡Siempre quieres imponerte!

—¿No lees en mis ojos...?

—¿Qué...?

—¿No lo ves?

—Está muy oscuro.

—Isabel... —Le cogió las manos—. ¡Qué nombre tan bonito! Es miel en mis labios.

—Tienes pico hábil para un soldado. Es tarde. Buenas noches.

Se desasió. Mateo pareció desinflado.

—Recuerda mis palabras, niña. Ten cuidado. Y acude a mí, si algo te inquieta.

—Me hablas como si fueras mi padre, y sólo tienes cuatro o cinco años más que yo.

—Suficientes para conocer... lo que tú no conoces.

¡SECUESTRADA!

Isla Tortuga estaba en esas horas cortas, en que los trasnochadores, repletos de ron ya se habían dormido, y los madrugadores, que esperaban salir con el amanecer, todavía no habían dejado sus lechos. Por esa rara coincidencia apenas se oía un ruido en la isla; ni siquiera el suave oleaje contra los barcos amarrados despertaba ecos en la quietud de la bahía. Los pájaros tropicales y los insectos continuaban traspuestos, sin decidirse a iniciar la nueva jornada en busca de alimento o pareja y, por tanto, sin remover la fronda o el aire de la isla.

Los intrusos eran cuidadosos. Iban descalzos, como buena parte de la marinería a bordo, que prefería pisar con sus encallecidas plantas la tablazón de cubierta para no resbalar, y tener así los pies libres, casi prensiles, para mejor adaptarse a las escalas de cuerda en busca de las vergas y las jarcias*.

Sus pasos en la escalera eran tan leves que, ni siquiera despierto, hubiera podido nadie percibirlos; menos aún, los que dormían en las distintas habitaciones de la posada. El lechón sonriente, como era habitual, tenía su puerta siempre abierta, porque Shanti pensaba que cada cual era libre de salir o entrar, solo o acompañado, a su gusto, sin dar cuentas a nadie, que todos eran responsables de sus propios actos o debilidades.

Los tres hombres eran una sombra más en la sombría escalera. No habían bebido en todo el día, pues Jan Van Hoffen sabía que un hombre no es capaz de hacer las cosas bien si está lleno de ron. Y que su rendimiento mejora si al final del trabajo sabe que va a recibir un cuartillo del mejor brebaje y dos doblones de oro, por algo que le llevará apenas media hora de cuidado. A Jan Van Hoffen le gustaba hacer las cosas bien, si estaba sobrio.

Los tres llegaron al pasillo superior y, como la brisa, se deslizaron pegados a la pared. El que mandaba la operación iba en cabeza, contando las puertas. Una, dos, tres y a la cuarta habrían llegado al dormitorio de Pedro, el que creían hermano pequeño del alférez.

Se detuvo al fin y buscó a tientas el pomo. Lo hizo girar y la puerta se abrió sin ruido. La luna llena entraba por el balcón, iluminando el dormitorio. Sus ojos acostumbrados a la penumbra encontraron fácilmente la cama. En ella, un bulto cubierto con la ropa. Avanzaron. Rodearon la cama y el primero se precipitó sobre el durmiente, sujetándole con una mano mientras la otra, callosa por los duros trabajos, tapó la boca que podía pedir auxilio. Sus compañeros apretaron cuerpo y piernas que empezaban a patalear, en instintiva defensa.

Un puñal brilló ante los ojos del agresor, a punto de rebanarle el cuello. No esperaba reacción tan rápida, pero su instinto le salvó. Mientras apartaba el rostro, golpeó la cara del que se defendía con aquella resolución y bravura. Su puño y antebrazo alcanzaron el objetivo. Sonó un gemido ahogado y el así tratado dejó de defenderse. Los intrusos tenían prisa y envolvieron en la frazada a su presa y, como si fuese un fardo de lonas, la sacaron de la habitación y, poco después, de la posada, como gatos ladrones. La incursión apenas había durado dos minutos.

En la habitación contigua, Alonso se revolvía en su cama, inquieto, excitado, turbado, confuso y con un desasosiego que le impedía estar inmóvil un minuto. Su balcón daba también a la galería, y había oído antes las voces susurrantes de Mateo e Isabel. Desde el quicio prestó oído. Estaban claras las intenciones del alférez. Entendía el enamoramiento del jefe militar, su pasión por la muchacha, su rendida admiración, su deseo de lograr que ella sintiera lo mismo que él, y hacer que los dos fueran uno. Pero Isabel no había querido dejar que aquel galanteo fuese a más y había tratado de enfriar los sentimientos del vasco. Mientras escuchaba, Alonso creía que los fuertes latidos de su corazón se oirían en la balconada delatándole, mas nada ocurrió e Isabel entró en su cuarto. Sólo entonces, Alonso analizó lo que pasaba por su pecho, sus sentimientos, y se encontró diciéndose dolorosamente que él también amaba a Niña Isabel. Que estaba loco por ella desde que subió a bordo en Sanlúcar de Barrameda, y que, durante la travesía, había intentado de mil formas atraer la atención de la muchacha sin conseguirlo ni lograr siquiera una mirada de aprecio de la hija de su capitán.

Eran ambos casi de la misma edad y había esperado que ella se fijase en sus atenciones. No creía ser mal partido. Su padre, el conde, sin duda aceptaría aquel matrimonio y le daría dote adecuada para que sus sueños se hicieran realidad. En cambio, no esperaba tener por rival a Mateo. Era algo mayor, más hombre, un oficial valiente y digno que —y ahora lo veía— podía ser también un candidato para Niña Isabel.

Saltó de la cama. Le pareció haber oído algo en el dormitorio de la muchacha. En el torbellino de su mente con tales pensamientos, abrió la puerta y miró al exterior por una rendija. Unas sombras, quizá, habían pasado por delante de él. Esperó para asegurarse. Dar una alarma falsa hubiera causado la burla de todos. Abrió un poco más y aguzó el oído. No se escuchaba sino el ronquido de algún huésped ruidoso. Salió cautamente y trató de serenar su cabeza, orientándose en la oscuridad. En un par de pasos se encontró ante la habitación de Isabel y, sin saber muy bien por qué, extendió la mano. La puerta estaba abierta. La luna arrojaba dentro una gran claridad y, a su resplandor, percibió que la cama estaba vacía y revuelta. Ni rastro de ella. ¿Habría salido a la terraza? ¿Por fin Mateo había conseguido atraerla?

La emoción le ahogaba. Era demasiado joven para acertar con el comportamiento a seguir, y se le partía el alma de pensar que ella hubiera elegido sin darle a él una oportunidad. Pero no era posible que hubiera sucedido lo que pensaba en su ataque de dolor y celos. No con Niña Isabel ni, tampoco, con Mateo: le consideraba un hombre de honor. ¿Entonces?

Como una llamarada le llegó el nombre de Jan Van Hoffen, deslumbrándole. ¡La habían secuestrado!

Volvió a su cuarto, cogió las armas, y como una exhalación bajó la escalera para salir al exterior. No había tardado mucho, pero sus locas ideas le habían hecho perder un tiempo precioso. No quería llamar a Mateo para ser él solo quien rescatase a Isabel, aunque fuera lo último que hiciera en su vida. Necesitaba que ella se fijara en él, al menos una sola vez.

Con ese pensamiento se detuvo en mitad de la calle, sin saber qué hacer exactamente, pues los raptores habían desaparecido y no tenía manera de conocer su destino. Así que regresó mohíno a la posada y llamó a Mateo, explicándole lo ocurrido.

—¡Es urgente hacer algo! —gritó el muchacho.

—Tenías que haberme llamado antes. Has reaccionado demasiado tarde. ¡Palabras! —llamó en voz alta y resuelta—. ¡Simón! ¡A mí, venid rápidos!

Sus gritos pusieron en conmoción a todos los durmientes, Shanti entre ellos.

—Esto es cosa de Jan Van Hoffen —dedujo el posadero—. Conozco a ese canalla. Habrá llevado a tu hermano a su fluyut*, el *Tiburón*. Está anclado en el muelle oeste.

—Si ha secuestrado a Pedro, es que no va a matarlo. Al menos por ahora. —Mateo ya se había vestido y ponía orden en sus armas.

A su lado, Palabras apretaba con furia cuchillo y mosquete. Temblaba de indignación y temía lo peor para la muchacha y no se lo perdonaba: tendría que haber dormido en el pasillo, junto a la puerta de Isabel. Había sido un estúpido por haberse confiado demasiado. Nunca se lo perdonaría. Mientras, Simón Vélez empujó a todos hacia la salida.

—No perdamos tiempo.

Pero el alférez había aprendido la lección de la muchacha.

—Nada de precipitaciones sin un plan seguro. Si está ya a bordo del *Tiburón* no podemos hacer nada: habrán doblado la guardia para que nadie aborde el barco: nos matarán en cuanto asomemos por allí.

—Pero si levan anclas... —sospechó Alonso.

—No lo harán de noche. Si acaso, al amanecer. Habrá que vigilar bien y, mientras...

Palabras agitó las manos armadas, exigiendo rapidez en las decisiones.

Mateo de Inurria bajó la voz, como dolido:

—Tendremos que hablar con Philippe Legrand. Él nos ayudará.

Le partía el alma acudir al francés para salvar a Isabel, pero era la mejor idea en aquellos momentos. Permitir que el francés fuera decisivo en la salvación de la muchacha, equivalía a que ella le guardara eterno agradecimiento. Y si le debía la vida, ¿no acabaría rindiéndose a su asedio seductor?

Alonso comprendió lo que pasaba por la mente del soldado.

—¿Crees que es lo más conveniente?

Gravemente, Mateo asintió:

—Ante todo hay que rescatarla. Luego, luego... Dios dirá.

Cuando estuvieron a bordo de la *Cupido* y le hubieron contado a Philippe sus temores, éste gritó:

—¡Gastón, leva anclas ahora mismo!

El segundo de a bordo acudió a medio vestir, sin acabar de comprender:

—¿Has dicho *ahora*...?

—¡Sí! ¡Y colgaré de las vergas a toda la tripulación si no estamos navegando antes de que termine de vestirme!

El piloto preguntó, impuesto ya de la importancia de aquella orden:

—¿Qué rumbo, capitán?

—Hasta la boca de la bahía, con cien ojos clavados en el *Tiburón*. No quiero que escape. Le esperaremos allí por si intenta navegar al amanecer.

Alonso terció:

—¿No deberíamos vigilar de cerca el *Tiburón*? Creo necesario estar al tanto de lo que se proponen.

El francés asintió, complacido:

—Este chico piensa. Llévate una lancha con dos hombres y sitúate lo más próximo al barco de Van Hoffen. Y, si puedes, escucha lo que dicen en cubierta. La brisa te llevará sus palabras.

El joven escribano se sintió importante con aquel encargo. Al menos haría algo más que esperar.

Naturalmente, Palabras le acompañó, además de los marineros.

Poco antes de levar anclas, una chalupa se despegó del costado de la *Cupido* y, dando un precavido rodeo, se situó junto a una pinaza* de gran vientre situada junto al *Tiburón*, a cubierto de las miradas de cualquier vigía de éste.

Una vez fondeados en el punto adecuado, Alonso decidió nadar hasta el fluyut holandés. Palabras le siguió. La noche la pasaron a remojo, asidos a la cadena del ancla por la que el muchacho trepaba a fin de espiar lo que sucedía en el aparentemente tranquilo barco de Jan Van Hoffen. Estaba dispuesto a cambiar su vida por la de Isabel.

ESCAPADA FRUSTRADA

Mientras, los secuestradores estaban ya a bordo del *Tiburón*, el barco de Jan Van Hoffen, un flayut holandés, muy apto para movimientos rápidos, con una velocidad muy superior a todas las naves conocidas. Cierto que era menor que una fragata, pues desplazaba sólo cien toneladas de arqueo, pero con sus treinta y cinco metros de eslora y poco más de ocho de manga era tremendamente gobernable por su aparejo simple en sus tres palos de los que pendían velas cuadradas y triangulares. Su bajo coste lo ponía al alcance de casi cualquiera. Todas estas cualidades la habían hecho una nave de gran éxito en Europa. Los recién llegados arrojaron sobre cubierta el fardo que habían traído a la carrera desde El lechón sonriente.

—¡Aquí está la presa, capitán! —dijo el que había mandado la operación—. Todo como dijiste: sin ruido, sin peleas, sin que nadie se haya enterado. Lo pillamos dormido. El muchacho no se resistió.

El holandés de las cicatrices en el rostro se inclinó para comprobar, bajo el lío de ropa, la identidad de su captura.

—Es el entrometido de Pedro. Por una vez habéis sabido hacer las cosas bien —asintió riendo. Con la mano derecha aún vendada sacudió el hombro del marinero—. Tendréis vuestra paga.

—¿Ahora...? —preguntó con un hilo de voz, temeroso.

—¿No te fías? —gruñó, y echó mano a su faltriquera—. Está bien, Gorland; dos doblones para cada uno.

—¿Y el ron?

—Decidle al despensero que os lo dé. No es la hora, pero lleváis mucho tiempo en seco. Y bajad a éste a la bodega. Nos divertiremos con él por la mañana.

Gorland y sus compinches tenían demasiada sed, así que dejaron de ser cautos, y tiraron al prisionero en la sentina, junto al beque*, sin miramientos. No lo ataron para no perder tiempo y reclamar, cuanto antes, su ración de ron al despensero. Éste les maldijo a ellos y a sus progenitores con toda la imaginación de que fue capaz, por haberle sacado del sueño, pero cumplió la orden del capitán; no convenía incomodar a Jan Van Hoffen, así que les dio a cada uno su cuartillo de ron y regresó a la estera, donde se quedó dormido antes de posar la cabeza.

Al cabo del rato, Isabel volvió en sí, con un intenso dolor en la mandíbula donde había sido salvajemente golpeada. Reinaba en torno suyo una intensa oscuridad y, además, notaba un hedor pestilente. No podía estar en su dormitorio de la posada. Su cama era razonablemente blanda y no había razón para que oliese tan mal. De pronto, recordó algo entre las brumas de su cerebro, un leve roce, unas maneras bruscas, una mano callosa en su boca, el puñal que había sacado de debajo de la almohada y un golpe atroz en su cara. La habían secuestrado.

La idea la enfureció. Se liberó de la manta que la envolvía y se incorporó a medias. Aquello se balanceaba suavemente. Había humedad en el suelo de tablas, y el olor...; comprendió que estaba en la bodega de un barco, junto a la letrina de la marinería. Sintió una arcada y gateó procurando alejarse del origen de la pestilencia. No estaba atada, así que se puso en pie para no sentir el agua en su cuerpo.

Una luz rasgó las tinieblas, acercándose. Se agazapó y pudo ver a un grumete que venía en dirección al beque. Ella corrió afuera tan pronto pasó, y subió una escala. Los ronquidos le dieron a entender que aquello era el dormitorio de la marinería. Si subía a cubierta estaría en condiciones de saltar del barco, si es que estaba anclado como suponía por el vaivén de la nave. Sólo entonces se dio cuenta de que vestía únicamente la camisa de dormir y que estaba descalza. Tenía que ponerse algo.

A tientas, palpó un petate, junto a una cama. Lo abrió y dejó que sus dedos supieran identificar lo que buscaba. Al poco tenía en sus manos un calzón, lo que parecía una camisa, y unas botas. Suficiente.

Subió a cubierta, así vestida y con la melena recogida en la nuca, como un grumete, y se asomó por la amura: allí estaba isla Tortuga con su agrupación de cabañas y edificios, y su hermosa bahía. Iba a ser muy sencillo nadar hasta la playa y librarse de sus captores.

Una mano enorme le golpeó el hombro, sujetándola:

—¡No puedes marcharte así, sin despedirte, Pedro! —gritó Jan Van Hoffen, tras la muchacha—. Es una descortesía imperdonable.

Isabel giró ágilmente para desasirse de aquella mano, pero al instante supo que no podía escapar. No tenía arma alguna con la que enfrentarse al pirata del chirlo en el ojo.

PASADA POR LA QUILLA

Era mediodía. El sol colgaba de lo alto, abrasador, pero sus rayos eran suavizados por la brisa que llegaba del océano, los alisios que permitían la navegación a vela desde España. La tripulación estaba reunida en cubierta, la mayoría de ellos con una jarra de ron en la mano, dispuestos a divertirse como les había prometido el capitán. El cocinero había terminado de preparar el guiso de cerdo en la cocina situada sobre una gran plancha de hierro para no quemar la cubierta, junto a la fogonadura* del palo mayor, y esperaba que terminase el espectáculo para servir el rancho. No todos los días se ofrecía la posibilidad de presenciar algo tan estimulante. Se cruzaban las apuestas sobre cuántas pasadas resistiría el prisionero bajo la quilla. El bárbaro castigo excitaba los más bajos instintos de la piratería.

Mientras, seguía la vida rutinaria de todos los días en la Tortuga. En el puerto deambulaban los más variados personajes: cargadores, aventureros, malandrines, forajidos de los cinco continentes, penados del Santo Oficio, esclavos negros, marineros andaluces o portugueses, barberos napolitanos o colonos de las islas vecinas llegados para adquirir los enseres que el contrabando y la piratería dejaban en tierra, como resaca de las mil aventuras vividas por unos y otros.

La presencia de Isabel en cubierta, llevada por dos secuaces de Jan Van Hoffen, y atada a un cabo por manos y pies, levantó alaridos entre la concurrencia. Las últimas apuestas cambiaron de tendencia, a la vista de la endeble constitución del que identificaban como un frágil muchacho. El capitán pirata salió también de su cámara, con sus mejores y grotescas galas, y avanzó hinchado como un pavo, satisfecho de su venganza y de mostrar a sus hombres que era el mayor de los salvajes: todo un salvoconducto para aquietar posibles ánimos levantiscos.

De pronto levantó los brazos, pidiendo silencio. Todos callaron ante el gesto de su capitán plantado como un mascarón en la mitad de cubierta, esperando a que el prisionero fuera traído a su altura. Cuando lo tuvo frente a sí, bramó:

—¿Creías que ibas a librarte de mí, Pedro? La otra noche me cogiste por sorpresa. Nadie levanta las armas contra Jan Van Hoffen sin lamentarlo toda la vida. La poca vida que le quede —puntualizó entre las risotadas de sus hombres.

—Eres muy valiente teniéndome atado y con toda esa manada de canallas que te secunda —respondió fríamente la muchacha, en su papel de grumete.

—¿Te atreves a desafiarme? —tronó levantando la mano vendada en el aire.

—Dame una espada y hablaremos.

—¿Quieres probar mi gato de siete colas?

—No; dame una espada y demuestra a tus hombres que eres el mejor. No te escudes en la fuerza de los demás.

El holandés soltó una risotada.

—¿Crees que voy a caer en esa trampa? No tienes nada que perder batiéndote conmigo. Tu vida está acabada, así que buscas una oportunidad. Pero no te la voy a dar. Esto es un juicio y la sentencia ya la conoces: pasarás tres veces bajo la quilla. Si sales con vida, serás libre. Un medio hombre, mutilado, deforme, un pingajo que no se valdrá por sí mismo jamás, pero serás libre. Un consuelo. —Y lanzó otra carcajada que fue coreada por sus hombres, que gritaban y jaleaban con el entusiasmo que el ron y la perspectiva de la sangre excitaba en sus venas.

Paseó la mirada por la tripulación encaramada en las bordas*, en los cabos*, en las jarcias, en las vergas*, en los cañones, junto a las culebrinas* y en todo lugar desde donde se viera mejor el castigo.

—¿Qué queréis? —gritó, preguntando a los piratas—. ¿Un duelo o que pase bajo la quilla? ¿Qué os divierte más?

—¡Al agua con él! ¡Al agua con él! —gritaron todos.

Jan Van Hoffen se encogió de hombros, como si no pudiese hacer nada.

—Lo siento. No puedo defraudar a los muchachos. No todos los días tienen algo para entretenerse. ¡La vida a bordo es tan aburrida...! —Dio una palmada como señal, y rugió—: ¡Pasadlo por la quilla!

Niña Isabel se vio arrastrada hasta la borda, y empujada por la cimbreante palanca que salía de cubierta sobre el mar, que se la tragaría al menor empujón. A sus pies vio las olas que lamían la quilla del barco. No quiso pensar en lo que le esperaba: era la mejor manera de no tener miedo.

Un fuerte golpe en su espalda la hizo perder el equilibrio y se vio precipitada a las aguas de la rada, arrastrando el cabo atado a sus botas por los tobillos. Arriba, los piratas gritaban como locos, excitados ante el sangriento espectáculo que comenzaba. Eran aullidos de lobos, imprecaciones, juramentos y palabrotas de toda índole, en los más variados idiomas. Un rugido más bien. Unos sonidos animales procedentes del alma salvaje de hombres y fieras a lo largo de milenios, llegados hasta aquel rincón del Caribe en la sangre más sucia de las peores razas. Nada que ver con el ser humano, con las almas nobles, con la civilización, la cultura y la moral.

De la banda de estribor empezaron a tirar del cabo, y la muchacha se sintió arrastrada por la violencia de las manazas que halaban* desde cubierta, para hacerla pasar bajo la quilla tachonada de moluscos, de incrustaciones calcáreas erizadas como cuchillas que cortarían y rasgarían su carne con mil tajos, mordiendo y mutilando, royendo y sajando hasta encontrar costillas y huesos. No pensó en nada de eso. Cuando tocó el agua tenía los pulmones llenos de aire, pues quería luchar. No pensaba rendirse mansamente ante la brutalidad que padecía. Su raza, su genio, su voluntad estaban hechos de otras fibras.

Cuando se sumergió, llevó sus manos a los nudos del cabo para soltarse. Era difícil lo que intentaba con los dedos de una sola mano, pero otras manos acudieron en su ayuda. Volvió la cabeza sorprendida y bajo la sombra del navío, en aquellos dos metros bajo el agua, apareció el cuerpo flexible y animoso de Alonso. No podían hablar para darse explicaciones. Lo único que cabía era intentar ambos lo imposible. Desde cubierta, los piratas tiraban del cabo para forzarla a restregarse por la quilla y herirse dolorosamente. Alonso asió el cáñamo y lo sujetó con fuerza. Les llegaron los gritos de júbilo de los piratas. Aquella resistencia significaba para ellos que el cuerpo de su prisionero estaba enganchado en los garfios calcáreos de la quilla, rasgándose. No podían perder tiempo ambos muchachos. Alonso ayudó a Isabel a quitarse las botas a las que estaban hechos los nudos marineros, y luego los soltó. Desde cubierta halaron con fuerza y la falta de resistencia les hizo caer sobre el maderamen, entre las risotadas de sus compañeros. Alonso, bajo el agua, cortó con su cuchillo la trabazón del cabo en las muñecas femeninas, liberándola. Luego bucearon ambos en dirección a popa, al otro extremo de donde estaban los piratas, para que no los vieran. Alonso parecía haber pensado en todo, empujó a Isabel a la superficie, donde ambos asomaron unos centímetros para respirar, llenándose los pulmones de aire, y volvieron a sumergirse.

En cubierta, los piratas empezaron a lanzar maldiciones al ver que por un extremo del cabo salían las botas chorreando agua y por el otro las hilachas del corte dado por un cuchillo.

¡Su prisionero, no sabían cómo, había escapado!

La cólera de Jan Van Hoffen estuvo a punto de hacerle explotar. Con él, la marinería toda. La tripulación del holandés se precipitó a ambas bordas, tratando de ver por dónde se había escapado su presa; no podía estar indefinidamente bajo el agua. Pero, enfurecidos, los piratas comprobaron que su prisionero no estaba a la vista.

—¡Al agua! —barbotó Van Hoffen—. ¡Cinco doblones a quien lo capture!

Pero antes de que una cincuentena de voluntarios pudiera arrojarse a las olas, oyeron la cercana explosión de una pieza artillera, y sintieron el impacto de una bala de doce libras destrozar parte del alcázar de popa. Los piratas del *Tiburón* quedaron inmóviles, como convertidos en piedra, incapaces de comprender lo que estaba sucediendo en plena bahía de la Tortuga, el lugar más seguro del Caribe para cualquier pirata.

En la cubierta de la *Cupido*, Philippe Legrand

apoyado en la crujía* retiraba de su cara el catalejo con el que había presenciado cuanto había ocurrido en la cubierta del *Tiburón*, así como el efecto de su cañonazo.

—Mis artilleros son los mejores de esta parte del océano —presumió.

¡RESCATADOS!

El puerto de la Tortuga, en la suave y bella bahía, estaba animado a aquellas horas. Sus aguas se veían surcadas por pataches*, jabeques*, gabarras* y chalupas sirviendo a los distintos barcos anclados en el mismo. Llevaban de tierra firme vituallas y aparejos surtiendo las naves en lo que se llamaba en la jerga marinera refrescar* el barco. Otras, descargaban de éstos parte del botín conseguido, al menos lo que se consideraba iba a poder venderse con facilidad en la isla. Otros puertos, más grandes, eran capaces de mercadear con pesadas planchas metálicas, herramientas para el campo o semillas para las plantaciones del interior. No era éste el caso, pues la Tortuga era tan sólo un apeadero de los filibusteros que transitaban por aquellos mares.

La confusión del cañonazo de la *Cupido* había alarmado a todos, temiendo siempre que una flota de galeones de su real majestad apareciera por aquellos lares para dar un buen escarmiento a los piratas. Todos los ojos se habían vuelto hacia el exterior de la bahía, pero tras cuidadosa observación nadie encontró los mástiles* de los temidos galeones, por lo que de la isla se levantó un largo suspiro de descanso que pareció céfiro vespertino. Eso impidió que nadie viera la nubecilla del cañón disparado y que tampoco se fijasen en la chalupa en la que remaban los dos marineros y Palabras, llevando en el fondo de la misma, cubiertos por una lona, los cuerpos de Alonso y de Niña Isabel. Parecía una embarcación más al servicio de los navíos, llevando y trayendo pertrechos. Nada hacía pensar que aquella simple chalupa tuviera algo que ver con lo ocurrido en la cubierta del fluyut holandés.

Por si acaso Jan Van Hoffen vigilaba desde el *Tiburón* con el catalejo, Palabras tuvo la precaución de ocultar a los muchachos. En aquella ocasión, el protector de Isabel extremó su cuidado e hizo que los remeros y él mismo doblaran la *Cupido* para ganar cubierta por la banda contraria, a fin de no ser vistos. Realmente estaban salvados. Por mucha que fuera la furia del holandés, no podía levar anclas tan pronto ni ponerse a navegar con el velamen arriado. La maniobra llevaría algunas horas, y para entonces la fragata francesa estaría en alta mar.

Calados hasta los huesos, Niña Isabel y Alonso fueron recibidos con gritos y manifestaciones de alegría de todos. Philippe, Mateo y Simón Vélez en primer lugar, deseando abrazarlos. Pero, antes, la muchacha se volvió hacia Alonso:

—Gracias. Me has salvado la vida. —Y le cogió por los hombros, plantándole un cálido beso en la mejilla.

Al joven escribano le hubiera gustado morir en

aquel mismo instante. El calor de aquellos labios le puso en ebullición y no sintió sus ropas mojadas, ni el dolor de sus manos engarfiadas por los tirones del cabo pirata, ni el quejido de los pulmones por la prolongada inmersión, ni la zozobra por no ser descubiertos. ¡Por fin había conseguido atraer la atención de Niña Isabel!

La sonrisa de Isabel era coqueta al volverse hacia Palabras, consciente del efecto causado en Alonso. El marinero mudo la recibió en sus brazos con los ojos rebosantes de lágrimas y emitió un sonido que era murmullo de su garganta huérfana de palabras y de su emoción al ver indemne a la hija de su patrón, la niña querida a la que había llevado en brazos y criado en los momentos más tiernos de su niñez. Allí estaba de nuevo, sana y hermosa como siempre, llena de vida y de coraje, para ilusión y felicidad de dos viejos marinos como don Pedro y él mismo.

La estrujó, sollozando. Isabel se refugió en el hueco de su cuello, sobre el pecho curtido, y besó aquella piel atezada por los soles de todos los océanos. Era como estar en el hogar. Olía a sal, al lino de las velas, al cáñamo de los cabos, al maderamen de cubierta. Las manos del marino la estrujaron y ella se sintió muy feliz, como cuando de niña jugaba con Palabras, único refugio que tenía tras la muerte de su madre. Todos los recuerdos, todos los sentimientos, el agradecimiento por su lealtad, se convirtieron en besos que fueron depositándose en las mejillas de Palabras mientras éste fingía protestar, abrumado y sobrepasado, aunque en realidad se sentía trasladado a los cielos.

Philippe y Mateo se miraron no con agrado, preguntándose mutuamente quién sería el primero en dar la bienvenida a los rescatados, pero el francés cedió el paso con gesto versallesco y burlona sonrisa.

—Son miembros de tu dotación. Abrázalos.

El alférez lo hizo, con emoción. Un largo abrazo a Isabel, pese a sus ropas mojadas, íntimamente turbado por la proximidad de la muchacha junto a su pecho, y otro de menor intensidad, pues se sentía celoso, a Alonso.

—Te has portado, muchacho.

Philippe avanzó un paso, satisfecho. Sus ojos recorrían la figura de Isabel, ligeramente pálida y, desde luego, mostrando en su semblante y en sus movimientos la dureza de lo ocurrido. El francés se sumergió en las pupilas hermosamente verdes y, en aquel momento, turbadas de la joven, como si quisiera llegar al fondo de su alma, y de pronto se inclinó ante ella al tiempo que besaba su mano. Fue un gesto de voluntaria pleitesía, señorial, elegante, caballeresco, honrándola como a la dama que era, sin excederse en su galantería, pero tremendamente seductor en su intención. Era como decirle «Soy diferente, te reconozco como a la dama de mis sueños».

Isabel sintió que las mejillas se le encendían y que toda ella resultaba vulnerable y débil frente a aquel hombre al que no sabía cómo tratar.

—Capitán, le debemos mucho más que la vida —acertó a decir con un hilo de voz, sabiendo que todos la miraban. Se sentía incómoda por el magnetismo de su admirador, y reaccionó—: Pero todavía no está curado y yo, como su cirujano, aún no le he dado permiso para dejar el lecho.

La segunda frase le salió con fuerza, en una rebelión que mostraba su temple, cuando un momento antes se sentía tan frágil.

El desplante de Isabel provocó la risa colectiva de los presentes, rompiendo las formalidades embarazosas del reencuentro.

—¿Puedo dar una última orden antes de acostarme? Creo que mi cirujano es un cascarrabias, y no me permite estar más en cubierta —dijo el pirata tomando a broma la situación.

—Usted manda, capitán —respondió la muchacha, remedando la reverencia del francés—. Éste es su barco.

Philippe se volvió hacia Gastón, que aguardaba órdenes sobre el alcázar*.

—¡Levad anclas! —gritó a su segundo—. ¡Izad todas las velas! Nos vamos.

La tripulación se puso en movimiento con las órdenes del piloto, y poco después el viento henchía las lonas como enormes odres. La fragata empezaba a surcar las aguas, dejando atrás isla Tortuga.

DEUDA SALDADA

Jan Van Hoffen era singularmente desconfiado. Jamás daba nada por cierto antes de comprobarlo meticulosamente. Por eso, sabiendo que la bala que acababa de destrozar las tallas de su bien trazado alcázar no podía haber caído del cielo, oteó meticulosamente el horizonte, una vez más, en busca de la nube de humo creada por la pólvora negra al lanzar la pesada bala desde el cañón de un barco hasta su fluyut. No había galeones de Castilla en lontananza, pero sí numerosos barcos, piratas como el suyo, fondeados en isla Tortuga. Uno de ellos había sido el autor del disparo. Uno al que iba a pesarle semejante agresión.

Sus encendidos ojos recorrieron la bahía y el horizonte, hasta divisar la delatora nubecilla sobre la cubierta de la *Cupido*.

—¡Está a sotavento! ¡A sotavento! —aulló—. ¡Levad anclas! ¡Izad velas! ¡Vamos a por la *Cupido*! ¡Diez doblones por la cabeza de cada francés!

La promesa de tan generosa paga puso alas en los pies de la marinería pirata y nervios suplementarios en sus brazos. Todas las gargantas gritaron de júbilo y odio ante la perspectiva de la paga prometida. Por fin entraban en acción: iban a pelear a sangre y fuego, aquello que tanto les gustaba, a la par que ya empezaban a contar mentalmente las ganancias del próximo abordaje.

Pero, aunque el fluyut era navío de singular ligereza, la maniobra de poner a todo trapo a cualquier barco llevaba su tiempo. La *Cupido* estaba preparada para dejar atrás isla Tortuga, y eso les permitiría llevar una considerable ventaja. Pero Jan Van Hoffen no se resignó a dar por perdida su presa, pese a que el mar se estaba rizando por momentos.

—¡Si no les alcanzamos antes del anochecer, os haré azotar a todos! —gritó con voz descompuesta.

La amenaza, unida a la promesa de los diez doblones por cabeza de pirata francés, hizo que todos hicieran velas de sus brazos y remos de sus ambiciones, para impulsar el *Tiburón* con más ímpetu que el más violento de los alisios.

El fluyut holandés brincaba entre las olas, con todo el trapo desplegado y el timón firme a cargo de dos marinos de robustos brazos. El navío navegaba de manera desordenada, crujiendo el maderamen amenazadoramente, asidos todos los hombres a palos y jarcias, mientras su capitán lanzaba juramentos horribles contra el mal viento, en su diabólico deseo de alcanzar la *Cupido*.

Navegaron toda la noche en desigual lucha contra el mar en su afán de acortar distancias. Se estaba formando una borrasca que podría darles un disgusto, si no navegaban con tiento, tratando de rodearla. Pero las amenazas de Jan Van Hoffen suponían más peligro que el viento e hicieron caso omiso de las rachas que azotaban las velas desplegadas. Pese a ello, no lograron avistar el barco francés, aunque intuían que no estaba lejos. El holandés no dejó el puente de mando ni un solo instante aquella noche. Todos los hombres permanecieron también en cubierta, junto a su capitán, muy abiertos los ojos para avistar los faroles del francés en la cerrada oscuridad. Era tal la carrera suicida sobre las olas que nadie, tampoco, hubiera podido dormir bajo cubierta. Así que aferrando sus armas hasta sentir calambres en manos y brazos, los piratas pasaron la noche maldiciendo a los escurridizos tripulantes de la *Cupido*.

Con el nuevo día, aquella parte del mar, que no había alcanzado la borrasca, pareció calmarse. La navegación se hizo más suave. El fluyut se deslizaba raudo por las aguas, en contraste con el bamboleo de la noche anterior. Algunos hombres empezaban a cerrar los ojos, acunados por el suave viento, cuando se oyó la voz del vigía:

—¡La *Cupido* a babor!

Jan Van Hoffen ahuyentó el sopor del amanecer al escuchar el aviso.

—¡Ya son nuestros!

Verdaderamente el fluyut demostró, una vez más, que era el más rápido de los barcos armados en los arsenales europeos. Su menguada estructura y su afilada quilla cortaban las aguas como un delfín. El vigía y el piloto de la *Cupido* avistaron también, al mismo tiempo, a la nave enemiga. Las órdenes y los gritos previos al combate restallaron en aquel vasto mar, asustando a las gaviotas que sobrevolaban ambos navíos.

Gastón D'Arc avisó a Philippe Legrand, entrando en su cámara sin previo aviso:

—El *Tiburón* nos alcanza, Philippe. Sin duda saben que les disparamos.

—Les daremos la bienvenida —aceptó el aristócrata, saltando de la cama y disimulando una mueca de dolor por su herida aún no cicatrizada—. Todos a cubierta. Que los cañones disparen sin pausa. Hay que hundirlos cuanto antes: no me gustan los abordajes.

Pero el primer cañonazo partió del *Tiburón*: era demasiado su rencor para atenerse a las normas de un combate perfecto. En su precipitación, la andanada no alcanzó a la *Cupido*, lo que dio tiempo a la fragata francesa a afinar la puntería.

—¡Fuego!

Media docena de cañones vomitaron fuego y plomo. Philippe en el alcázar, por encima de la borda donde estaban los cañones, lo que le permitía ver al enemigo sin que las nubes de la pólvora negra le impidiesen la visión, gritó:

—¡Les hemos dado!

Dos boquetes negros, de los que empezó a salir humo y fuego, marcaron el punto donde los artilleros franceses habían puesto su vista.

—¡Se nos viene encima! —avisó Gastón.

Efectivamente, el *Tiburón* navegaba a todo trapo contra la *Cupido*. Sólo un milagro evitaría que el barco holandés alcanzase a la fragata de pleno, partiéndola en dos.

—¡Fuego todos los cañones! —ordenó Philippe en un desesperado intento por salvar su nave.

Los artilleros estuvieron atentos a la orden, y las distintas piezas vomitaron fuego y plomo contra el agresor. Un infierno de metralla surcó la corta distancia que les separaba, haciendo saltar literalmente en el aire al fluyut, que fue a desparramarse sobre la fragata.

Un amasijo de velas, palos, jarcias y maderamen informe, convertido en mortíferas astillas, cayó sobre la cubierta de la *Cupido*, impulsado por el velamen inflado por el viento, y proyectado en mil direcciones por el impacto de las pesadas balas de doce libras. Junto a los restos del barco holandés, cayeron también buena parte de sus tripulantes piratas, y entre ellos, el feroz capitán del chirlo en el ojo.

La *Cupido* se tambaleó con el impacto, pero resistió bien la brutal andanada, demostrando una vez más que era un barco muy marinero. Sobre cubierta, tan pronto rodaron los asaltantes, se inició feroz pelea entre los que provocaban tan tremendo abordaje y los defensores franceses. Philippe lanzó órdenes claras y escuetas. Sus hombres, gente avezada a los incidentes de la mar, opusieron rápida defensa. Más serenos que sus agresores, dividieron la cubierta en varias zonas, para un mejor control de la pelea. Mateo, junto a Gastón D'Arc, luchaban en la borda asaltada por el *Tiburón*, arrojando al mar a varios piratas. Isabel acudió bravamente a la defensa de la nave que les había acogido tan generosamente. Al verla, Philippe gritó:

—¡Atrás, Isabel! ¡Demasiado peligro!

Pero la muchacha no le oyó o no quiso hacerle caso. Su acero, manejado con singular agilidad, acabó con varios asaltantes que no podían creer que una muchacha de porte tan fino y delicado manejara la espada con tanta habilidad y precisión.

El aristócrata acudió raudo en ayuda de Isabel y, espalda contra espalda, repelieron el ataque de los enloquecidos holandeses.

—No recuerdo haberle dado permiso para abandonar el lecho, capitán —se burló la muchacha—. Está dado de baja para todo servicio.

—¡No necesito permiso de nadie para defender mi nave! ¡Y menos de una mocosa como tú! —se enfureció Legrand.

Isabel se volvió contra el francés como un gato rabioso:

—¿Conque mocosa, eh? Muy bien, bajaré mi espada y le dejaré solo frente a esta chusma: así veré si puedo darle de alta.

Y uniendo la acción a la palabra dejó de mantener a raya a un pirata que, de pronto, se encontró con la espalda de Philippe, que estaba ocupado en defenderse de otro asesino. El francés no pudo ocultar un gesto de profundo dolor al hacer un esfuerzo para parar la estocada que recibía por retaguardia, sin abandonar la cara del que tenía frente a sí. Su situación era realmente apurada y, sin pensarlo, gritó:

—¡A mí!

Isabel acudió en su ayuda con una sonrisa de triunfo:

—Parece que la mocosa se ha limpiado la nariz.

Con aquel refuerzo, los dos despacharon a sus enemigos en un instante, haciéndoles saltar por la borda.

El capitán francés miró a la muchacha con admiración.

—Perdóname. He sido muy desconsiderado.

A su alrededor, los asaltantes estaban llevando la peor parte. Los tripulantes de la *Cupido* habían opuesto feroz resistencia, y los del *Tiburón*, diezmados por la artillería, veían que su ferocidad no daba los resultados apetecidos.

Jan Van Hoffen se precipitó contra Philippe e Isabel, aprovechando que hablaban como ajenos a la batalla, dando mandobles feroces. Pero una sombra elástica se interpuso entre el holandés y los dos amigos. Una sombra llena de rabia que deseaba vengar la afrenta y el peligro que había amenazado a la muchacha. Palabras aulló con su garganta muda precipitándose sobre el capitán pirata.

Chirriaron machetes y espadas en su férreo encuentro. Eran dos hombres enloquecidos. Dos seres que habían perdido toda razón, que eran poco más que animales al límite de morir matando.

Los dos rodaron por cubierta y, en un balanceo del barco, cayeron al agua, contra las cuadernas* de la quilla, gritando, blandiendo armas y entrelazados sus cuerpos en una lucha sin tregua.

El ataque de los piratas había amainado. Los pocos supervivientes arrojaron las armas rindiéndose ante lo inútil de su ataque. Mientras, los restos del *Tiburón* se hundían en las aguas, con el gorgoteo del ahogado irremisiblemente.

Isabel y Philippe corrieron a la borda, buscando a Palabras. Allá abajo parecía que la vida y la muerte iniciaban la trágica danza entre los remolinos del agua. El mar, alterado por el naufragio del *Tiburón*, no permitía vislumbrar lo que sucedía en sus profundidades. Isabel, notando el golpeteo del corazón en su pecho, lleno de angustia, estaba a punto de llorar temiendo lo peor para su viejo protector. Fueron instantes de horrible incertidumbre, sintiendo que la vida podía terminar en el minuto siguiente, bajo unas aguas ansiosas por succionar cuanto estuviera en ellas.

De pronto, un borbotón de sangre, como una burbuja roja, subió a la superficie. Philippe masculló algo en francés, pero antes de que pudiera expresar sus sentimientos más claramente, subió a la superficie Palabras, como una bala. Su brazo y sus ropas estaban teñidas de sangre diluida en agua, pero se movía con libertad que expresaba su buen estado. Un cabo colgaba de cubierta y ágilmente lo apresó para subir con sorprendente flexibilidad.

Isabel lo abrazó sin importarle las ropas mojadas.

—¿Qué ha sucedido, Palabras?

El fiel guardián apenas agitó sus manos:

—Deuda saldada.

MOTÍN A BORDO

Isla Tortuga había quedado a popa, muy atrás, rebasada por el fuerte alisio que empujaba a la *Cupido*, que se mostraba ligera y marinera como siempre. Su proa abría brecha entre las olas, como uno de los muchos delfines que les acompañaban en su singladura, incansables en sus juegos junto a la nave. Las velas desplegadas eran una mancha de luz blanca en el purísimo azul del cielo. Así de ligero y marinero, el barco era en aquellos instantes una imagen de alegría y libertad en la soledad del océano. Atrás, en un punto del mar, quedaban los restos del *Tiburón*. Con ellos, lejos ya, un mal recuerdo.

Eran los sentimientos de todos a bordo. Bullía un aire de fiesta en la toldilla, donde había sido instalada una mesa, cubierta por rico mantel con bordados de Alençon, impropio de un barco de rudos piratas. Philippe Legrand había mandado sacar aquella joya de un arcón que custodiaba en su cámara y que le hacía recordar tiempos pasados más felices. Contribuía así al festejo por el rescate de ambos muchachos. Sobre el mantel, también, una valiosa vajilla francesa y cristalería del Danubio. El festín tenía el sello del aristócrata francés. Isabel era consciente de que todo aquel despliegue estaba hecho en su honor, y se sentía orgullosa e inquieta a un tiempo por aquella muestra de homenaje. Era un mensaje sin palabras que ella entendía muy bien, pero que se negaba a analizar ni a incorporar a su corazón. Mas no podía fingir indiferencia.

—Se nota su estirpe, capitán —acertó a decir aprobadoramente.

—Todo es poco. La ocasión lo merece... —Hinchó el pecho bajo el vendaje que cubría su cintura, apenas visto por la abertura de su camisola de seda, como si necesitara mucho aire para continuar—: Tú lo mereces.

Isabel no respondió, pero sus ojos parpadearon, y el francés se extasió con el aleteo de aquellas largas pestañas.

Luego se burló de él mismo:

—Gracias por permitirme dejar el lecho de convaleciente.

—Tenía que presidir comida tan... ceremoniosa.

A la vista del fin de los preparativos para la comida, los invitados fueron acercándose a la mesa, al tiempo que Joseph, el paje negro, se inclinaba ante su amo:

—El cocinero me encarga decirle que el banquete está listo, señor.

El capitán señaló la mesa tan ricamente dispuesta:

—Hacedme el honor, caballeros...

La cabecera, estaba claro, la ocuparía el anfitrión.

Éste se situó en su lugar y, de pie, mostró los diferentes puestos:

—A mi derecha, Niña Isabel. A mi izquierda, Mateo de Inurria; a su lado, Gastón; junto a Isabel, Palabras; a continuación, Simón Vélez y, cerrando, Alonso, nuestro bravo doncel. Sentaos, os lo ruego.

A continuación, Joseph y otros pajes sirvieron la comida, como era habitual entre la gente del mar. Isabel comprobó que los alimentos preparados y la forma de servirlos eran propios de los mejores salones de la lejana Europa. Philippe no había olvidado las costumbres del castillo de Morlaix, ni sus refinamientos, pese a la vida aventurera que había llevado en los últimos años. Según la historia narrada, podía haber perdido la ilusión de vivir, convirtiéndose además en un cínico, pero las enseñanzas de su cuna no habían sido olvidadas.

Unas fuentes de porcelana con filete dorado y hermosas flores azules ofrecieron a los comensales los más ricos frutos del mar. Almejas, ostras, gambas, nécoras, grandes langostinos, mayores que los exquisitos del Cantábrico, a juicio de Isabel, confraternizaban con pescaditos fritos que ella no supo identificar y pulpitos enharinados. Luego, llegaron langostas de brillantes y rojizos caparazones, con guarnición de verduras y salsa de huevo y aceite, que provocaron exclamaciones de infinito placer entre los invitados. Philippe reía, complacido, ante aquellas muestras de satisfacción.

—Joseph, no permitas que ninguna copa permanezca vacía. ¡Sirve más vino! Y cuida especialmente a Niña Isabel.

—Yo sólo bebo agua, capitán.

—Ésa no es costumbre marinera. Y te precias de ser buen lobo de mar —rió.

—La cabeza debe permanecer bien despejada cuando se dan las órdenes desde el puente —replicó ella graciosamente—, o todo se va al garete.

—No hay amenaza de tormenta. —Y señaló el sol—. Nunca he visto un cielo más despejado.

—El peligro puede estar más próximo.

—¿Es que me temes? —Había bajado la voz, discretamente.

—El riesgo está en uno mismo.

Tan pronto lo dijo, lamentó aquella sinceridad. Podía interpretarse mal y darle ánimos al capitán, algo que ella estaba lejos de desear.

Isabel retiró la cabeza alejándose de secreteos indiscretos.

—Quiero brindar por quien ha tenido la serenidad suficiente para cuidar de todo y de todos, especialmente de mí —dijo levantando su copa de agua—. Me refiero a Mateo de Inurria. Imagino que vivió momentos difíciles, que tuvo que planear cómo actuar para lograr mi rescate, que supo agruparnos a todos y recuperar nuestros enseres para trasladarlos a la *Cupido*, donde encontramos la mejor acogida de su capitán. Ha demostrado ser digno segundo de mi padre. —Y su voz vaciló—. Por ti, Mateo.

Todos levantaron su copa con la euforia de anteriores copiosas libaciones. Mateo también, rojo el semblante por aquellas palabras, visiblemente emocionado.

—Gracias, Isabel.

Bebieron y espontáneamente surgieron otros brindis. Casi olvidados los malos trances por los que habían pasado, la abundante y lujosa comida, los excelentes vinos, la bonanza de la travesía y la grata brisa cálida que los envolvía los llenaban de una excepcional alegría.

—Nada de esto habría sido posible —e Isabel se levantó solemnemente—, sin la ayuda y la hidalguía de un hombre noble por encima de todas las virtudes, un hombre generoso, un caballero: Philippe Legrand, vizconde de Morlaix. Gracias, capitán.

La muchacha acercó su rostro al del francés y lo besó en ambas mejillas. Luego abrió su mano y mostró una medalla de oro, pequeña pero resplandeciente con el sol, que colgaba de una fina cadena.

—Me la dieron de niña, capitán. A mí me ha protegido siempre. Quiero que la lleve usted, con mi mejor recuerdo.

Se la colgó al cuello, antes de que él pudiera impedirlo.

—Pero, yo... —Por primera vez en todos aquellos años, Philippe Legrand se sintió abrumado por una mujer, él que cínicamente creía poseer las más eficaces armas de seducción—. No puedes darme esta medalla. Es...

—Va a necesitarla, capitán. Vive con el riesgo.

—Además... yo no soy vizconde...

—Sí, en esta parte del océano. ¡Viva el capitán!

—¡¡Viva!! —Todos gritaron sinceramente agradecidos, aunque el vino magnificaba la alegría de la situación, al final del banquete.

Los miembros de la tripulación se habían acercado atraídos por los brindis y rodearon la toldilla de popa, donde se desarrollaba la fiesta.

Seguramente para sobreponerse a la emoción del momento, Philippe alzó la voz:

—¡Unas jarras de ron para todos, despensero! ¡Esto hay que celebrarlo!

Pero un tipo malencarado, con revuelta y sucia barba, que había subido un par de escalones del acceso a la toldilla, gruñó:

—No necesitamos tu ron, Philippe.

Sólo entonces se dieron cuenta de que la tripulación no tenía aire de fiesta. Todos estaban malencarados y la mayoría empuñaban espadas y cuchillos con expresiones escasamente amistosas.

—¿Cómo? ¿Qué pretendes decir, Pinto Negro?

—Lo que oyes.

—¿Estás borracho? —El francés se apartó de la mesa y llevó su mano a la culata de la pistola que llevaba al cinto—. No olvides que soy tu capitán y que...

—Ya no. —El barbudo alzó su machete de abordaje—. Has dejado de serlo.

—¿Os habéis alzado en motín?

—Con la votación has salido perdiendo. Durante

un tiempo te hemos obedecido, pero ya sabes la ley de los piratas. Si no te apoyamos, no eres nadie. Llevamos mucho tiempo sin lograr ningún botín y, para colmo, ahora has metido a una mujer en el barco. Eso es de mal agüero. ¡Yo soy el nuevo capitán! ¡Duro con ellos, muchachos!

Un clamor infrahumano salió de la garganta de aquellos bergantes, y todos se aprestaron a subir la corta escalera que daba acceso a la toldilla para dar buena cuenta de Legrand y de sus invitados.

Pero éstos actuaron con serenidad y contundencia. El capitán disparó y uno de los primeros asaltantes dio una voltereta en el aire, precipitándose sobre sus compañeros. Mateo de Inurria disparó también a bocajarro contra un pirata al que derribó, y Alonso blandió el sable del caído atravesando a otro.

Los amotinados tuvieron un momento de vacilación, pues no esperaban tal respuesta en quienes creían que estaban borrachos tras la copiosa comida.

Palabras se tiró al suelo y reptó como una serpiente para llegar hasta Isabel y hacerla caer bajo la mesa, protegiéndola con su cuerpo. Simón Vélez se batía con otro pirata en lucha feroz, tratando de que su oponente obstruyera la escalera impidiendo el paso de otros amotinados. Pero éstos se habían animado a la vista de la sangre y con el olor a pólvora, y escalaban ya la toldilla por todas partes.

La situación no podía ser peor.

Philippe gritó:

—¡Atrás! ¡Retroceded a mi cámara! Tengo armas y mosquetes para contenerlos! ¡Retirada!

Palabras empujó a la muchacha hasta llevarla a la puerta.

—¡Escóndete! —le ordenó con las manos.

Y se volvió raudo como un puma, con su cuchillo en la mano, que volteaba con increíble ligereza, ajeno al desorden que les rodeaba.

Sus ojos estaban fijos en Pinto Negro, que había alcanzado la toldilla. El cuchillo del mudo atravesó el aire como atraído por el sublevado. El acero se clavó en la garganta del amotinado, que se llevó ambas manos al cuello y empezó a doblarse, a la vista de todos.

El pirata cayó de rodillas mientras se escapaba un chorro de sangre por entre los dedos que trataban de sujetar la herida.

Isabel aprovechó el instante de vacilación de los rebeldes, confusos al ver que su jefe, del que dependían, estaba malherido, y corrió junto a él con ambos brazos en alto, mientras gritaba:

—¡Callad! ¡Escuchadme!

La aguerrida aparición de la muchacha frente a la turba de piratas feroces, inmovilizó a todos. En aquel mundo primitivo los rasgos de valor inesperado tenían el poder de impresionar a los más belicosos. Ella no miró a los suyos para buscar apoyos. Tenía que valerse por sí misma en aquel crítico momento.

—Te estás muriendo, Pinto Negro. No vas a ser el capitán de la *Cupido* a menos que me escuches.

Su voz de mujer sonó fuerte, decidida, imperiosa, dominadora.

—Mal asunto, Pinto Negro. O te curo esa herida ahora mismo, o no puedes rezar ni un avemaría. Seguro que te mueres antes. Yo puedo coserte. Ya sabes cómo salvé a tu capitán.

El pirata tembló, aterrorizado ante la sangre que perdía a chorros. Los demás no sabían qué hacer.

—Si no matas a mis amigos, te salvaré. Tú decides. Pero date prisa, o tendrás que contárselo al diablo.

Pinto Negro volvió apenas su rostro desencajado a sus secuaces.

—No... les... matéis...

La muchacha, ganada la apuesta, ordenó:

—Palabras, tráeme la valija.

Se inclinó sobre el caído, se rasgó la falda, y taponó la herida del cuello. Sabía que era muy difícil lo que intentaba porque el cuchillo de Palabras llevaba la muerte escrita en su hoja. Pero era la única salida que tenía para impedir la matanza que se avecinaba en la toldilla.

El mudo corrió al lado de la muchacha con la valija en su mano y la abrió para que ella empezara la cura. Mientras, los rebeldes habían subido a la toldilla y, bien que mal, contenían sus deseos de sangre mientras maniataban al capitán y a sus invitados. Éstos se dejaron desarmar, conscientes de que el temerario arrojo de Isabel había salvado la situación por el momento. Más adelante tendrían tiempo de idear un plan que les permitiera recuperar el barco e, incluso, salvar la vida.

BAILE DE LOCOS

Las manos finas, de largos dedos, se movían con habilidad sobre la herida de Pinto Negro. Éste respiraba con dificultad y de su rota garganta se escapaba un ronroneo que era gemido de miedo, espasmo de dolor y escalofrío de muerte. Isabel era consciente de lo difícil de su situación. La herida no podía ser peor y, si por lógica, el pirata moría, sus compinches acabarían con ellos en un instante. Les animaba el odio y el deseo de matar, porque llevaban demasiado tiempo sin un buen abordaje que saciara sus instintos. Por eso se afanaba por cerrar la herida, reducir la hemorragia y prolongar la vida de Pinto Negro tanto como fuera posible porque de ello dependía su existencia.

A su lado, Palabras ayudaba en la terrible cura siguiendo las instrucciones de la muchacha, sin por ello dejar de vigilar al corro de rostros crispados que seguían cada una de las manipulaciones de su protegida. Las palabras de Pinto Negro los habían detenido, pero todos estaban al acecho de los resultados para seguir obedeciendo o no. Isabel trató de distraerles.

—Si alguien no está de acuerdo con las órdenes de

Pinto Negro, que lo diga ahora y dejaré de curarle. A mí me es igual: un perro más o menos en este mundo no me preocupa —añadió, empleando el tosco y despreciativo lenguaje de aquellos hombres que sólo entendían las rudas maneras.

—¡No hables tanto y remienda su herida! —farfulló un mestizo de aros de plata en sus largas orejas.

—¿Eres amigo de Pinto Negro?

—¡Sólo soy amigo mío! —replicó sacudiendo su sable de abordaje—. Pero es mi compadre y te necesita. Cuando esté fuera de peligro...

Isabel abandonó la tarea de coser carne pirata y se incorporó con fiereza:

—¿Quieres decir que entonces me matarás y también a mis amigos? Pues hazlo ahora y ahórrame el trabajo. Hasta las fieras agradecen a quien les cura y lamen su mano. Veo que tú y los tuyos sois peores que los pumas y los leones...

Un tipo largo y rubio, con la piel muy blanca, gritó:

—¡Vuelve a sangrar! ¡Por mil diablos, sigue cerrando esa herida o Pinto Negro se nos muere! —barbotó, empujando rudamente al mestizo—. ¡Y tú, Barbosa, cierra el pico o te lo aplastaré para siempre!

—¡Maldito Graff *el Rojo*! ¡Te voy a... —amenazó el mestizo.

Desafiante, Niña Isabel miró a todos y cada uno de los reunidos en torno a la improvisada mesa de operaciones, como sin prisa, muy segura, dominando la situación.

—Cuando dejéis de pelear, seguiré.

Varias voces pidieron al unísono:

—¡No abandones a Pinto Negro!

—¡Cúrale!

—¡De prisa! ¡Y vosotros, callaos!

Isabel prosiguió:

—A partir de ahora, yo daré las órdenes. ¡Tirad las armas lejos de mí! ¡Y apartaos! ¡Dejadme sitio!

Volvió de prisa a su tarea, porque el herido no podía esperar más. Por el rabillo del ojo, vio que todos obedecían sus órdenes como niños malcriados. Conocía a aquel tipo de gentes: bravuconas y pendencieras, pero acostumbradas a obedecer al superior porque su dura vida les había hecho creer que eran inferiores.

Respiró hondo, aliviada al ver que su paciente resistía a pesar de la hemorragia. Había perdido el conocimiento por fortuna, y ahora podía unir mejor los bordes de la herida, cosiéndola lo mejor que podía dadas las circunstancias. Por muy poco, el cuchillo de Palabras no había seccionado la gran arteria que suministraba la sangre a la cabeza. De haberlo hecho, no hubiera podido intentar siquiera los primeros auxilios. Tampoco había abierto la vía de los pulmones, pero sí resultaba una herida muy peligrosa y, sobre todo, tremendamente aparatosa.

Mientras terminaba, habló con su tutor con el lenguaje de las manos, sin que los piratas se percataran de la conversación, pues creían, en su ignorancia, que ambos se limitaban a realizar la cura con complicadas manipulaciones que ninguno entendía:

—¿Qué ha sido de los nuestros?

—Están encerrados en la bodega.

—¿Heridos?

—No.

—¿Vigilados?

—Sí, pero estos chacales parecen más calmados. No te arriesgues demasiado, niña.

—Tengo que ganarme su confianza y, con ello, imponer mi autoridad: las fieras sólo atacan si ven el miedo en los ojos de sus víctimas.

Se apartó del herido, en alto sus manos ensangrentadas, bien visibles, que sabía les impresionaba por ser ella una mujer, una aparentemente frágil muchacha.

—Pinto Negro está curado... de momento. Necesita todavía muchos días de cuidados. Los tendrá si os portáis como buenos muchachos. Y ahora, he visto a varios de vosotros con heridas. ¿A quién debo curar primero?

El asombro se reflejó en todos los rostros. No esperaban que ella se ofreciera a restañar sus heridas. La veían como enemiga y no como benefactora. No estaban acostumbrados a tales delicadezas.

Se acercó a ellos. Malencarados, brutales, violentos, eran lo peor de los mares, gentes que habían rodado hasta el abismo, ahogados en sangre y en ron. Sus ojos desconfiados la miraban confusos. Habrían sabido responder a un ataque, pero no a un gesto de piedad.

—Tú, el del chaleco de serpiente, acércate. Ese agujero en el hombro tiene muy mal aspecto.

Isabel señaló al herido. Éste retrocedió un paso, asustado, pero su compañero le empujó:

—¡No te va a comer, Hans, y necesitas un remiendo!

El llamado Hans trastabilló hasta la muchacha.

—No... es nada —gruñó, hosco.

Ella se encogió de hombros:

—Dentro de un par de horas te abrasará la fiebre. Te volverás loco de dolor esta noche, pero es cosa tuya. Veo que eres muy hombre.

Hizo ademán de volverle la espalda, y Hans la tocó en el codo.

—Por favor...

—Eso está mejor. Vosotros —y señaló a un grupo de tres o cuatro facinerosos—, llevad a Pinto Negro a su petate, y poned a éste sobre la mesa donde hemos comido. Pero quitad antes la vajilla y el mantel. Es todo demasiado valioso para estropearlo con un despojo humano como él.

Todos se movieron, obedeciendo mansamente. El magnetismo y la autoridad de la muchacha se imponía sobre aquellos bergantes.

Uno tras otro cerró las heridas de cuatro piratas, ante el asombro de todos. Varios de ellos colaboraron de buen grado, poniendo vendajes a sus compañeros. La crisis de violencia se había disipado con aquel gesto humanitario. Eran enemigos, pero podía convertirlos en amigos, no importando el cansancio ni lo penoso de la tarea. Cuando terminó, las bromas volvieron a cubierta. El ron corrió y en los brindis se mencionó a Isabel con respeto y admiración. La muchacha estaba rota físicamente, arruinado el vestido por la sangre de las curas, pero íntimamente orgullosa de haber controlado una situación peligrosa para ella y sus amigos.

Al día siguiente hizo un tiempo igualmente apacible. A Isabel le habían dejado la cámara del capitán para que descansara, cosa que hizo a conciencia, sabiendo que Palabras vigilaba su sueño, a la misma puerta. Cuando despertó, supo que habían llevado una tina para su baño hasta la misma entrada de la cámara y que en la cocina hervían pucheros de agua. Era una sorprendente delicadeza en tan rudas gentes. Joseph, el paje de Philippe, había sugerido la idea a los heridos que ella había curado, quienes se mostraron de acuerdo en rendirle homenaje de esa manera.

Cuando salió al puente lo hizo con la arrogancia y la prestancia de un oficial de la marina. Impecable blusa blanca, de mangas abullonadas, con lazo en el cuello, negros pantalones ajustados a sus piernas, botas igualmente negras y muy brillantes, y chaleco rojo de damasco con elegantes bordados. Sobre la cabeza, un airoso sombrero del que sobresalía su pelo en rubia cola de caballo.

—Joseph, gracias por el baño. Díselo a quienes lo han hecho posible.

El negrito susurró:

—Vaya con cuidado, señorita. Están los ánimos revueltos.

Palabras le dijo con sus manos:

—Hay un grupo opuesto a Pinto Negro, que no respetan sus órdenes y que quieren hacerse con la nave.

—¿Muy numeroso? —preguntó bajando la escala de la toldilla.

—La mitad de la tripulación. En el otro bando están Pinto Negro y los heridos, que se muestran agradecidos. No puedes presentarte desarmada, niña.

—De poco servirá mi espada.

—Pero...

—Atento a mis órdenes.

El cocinero y el despensero habían instalado la cocina en cubierta, en el centro exacto para paliar en lo posible el balanceo de la nave a la hora de guisar. Allí estaban con las ollas humeantes en olorosos hervidos, removiendo, salando y probando. Muy segura de sí, Niña Isabel fingió pasear descuidadamente y conforme se acercaba al grupo de heridos tendidos en los cois que tomaban el sol plácidamente, le dijo a su tutor:

—Trae de mi valija una bolsita verde. No te equivoques.

Palabras corrió a cumplir lo ordenado, mientras la muchacha se acercaba a los yacientes:

—¿Cómo van esas heridas, muchachos? Tenéis buena cara.

Se inclinó sobre ellos, les tocó la frente para comprobar si tenían fiebre y descubrió los vendajes para examinar el estado de las heridas. Pinto Negro aún resistía.

—Al atardecer os haré una nueva cura. Ahora, descansad.

Hans le hizo un gesto, como si quisiera decirle algo al oído. Ella se inclinó para escuchar:

—Habib *el Moro* está organizando una rebelión. Cuídate.

Isabel le sonrió:

—Antes bailará un poco.

El marinero mudo ya estaba junto a ella y le pasaba con disimulo la bolsita solicitada. La muchacha la escondió en su mano y siguió paseando por cubierta, con derroche de tranquilidad, no sin comprobar el cuchicheo de un grupo de tripulantes en torno a un gigante berberisco, tocado con turbante negro, que estaban sentados en la proa de la *Cupido*. Era evidente que hablaban de ella y que sus miradas no presagiaban nada bueno.

Sus pasos la llevaron a la cocina, donde se afanaba el marmitón. Aspiró el aire del guiso y elogió:

—Eres buen cocinero.

—No hay mucho para guisar a bordo —renegó.

—Ayer lo hiciste muy bien. ¡Menudo banquete!

El cocinero mostró sus dientes mellados, en lo que podía interpretarse que era una sonrisa de agradecimiento.

—¿Qué veo en el horizonte? —Y tendió su brazo señalando, al tiempo que interponía su cuerpo entre las marmitas y los rebeldes.

Su otra mano se movió muy ágil vaciando parte del contenido de la bolsa verde en el guiso.

—No veo nada —respondió al rato el interpelado.

—Déjalo. —Isabel se retiró—. Quizá era una simple gaviota.

Fue hasta la banda de estribor y se acodó, mirando las olas que hendían la quilla del barco.

—No comas nada —le dijo a Palabras—. Avisa a los nuestros y a los heridos.

El tutor miró a su ama y luego la mediada bolsita verde que ella escondía en el cinturón, con una sonrisa.

—¿Has envenenado la comida? —Movió sus manos, discretamente.

—No. Va a ser mucho más divertido.

Palabras fue a comunicar por señas el mensaje de Isabel, mientras ésta se quedaba apoyada en la crujía*, moviéndose al compás de la nave, en su singladura matutina, empujada por el fresco* que llevaba bien el aparejo.

Fingía ignorar lo que sucedía a su alrededor, y parecía no darse cuenta de la creciente agitación de los piratas de proa, cada vez más excitados por la perorata de Habib *el Moro*, empuñando con disimulada fiereza sus armas, no queriendo mirarla para no delatarse. En la amura* de babor, los heridos no la perdían de vista ni tampoco a sus compañeros cuyo amotinamiento estaba próximo. Una tensión silenciosa reinaba en cubierta. El único ajeno a la vecina tormenta humana era el cocinero, que seguía entre sus peroles, trabajando sin descanso, atento a sus obligaciones para tener el rancho a la hora prevista.

El sol había alcanzado la vertical sobre la fragata, por lo que la hora de la comida estaba próxima. El mediodía marcaba el punto del colectivo yantar. A poca suerte que hubiese, los levantiscos piratas comerían de un momento a otro, antes de atacar: sólo eso salvaría a Isabel y a sus compañeros.

El sonido de la campana situada junto a los fogones de cubierta, llamando a rancho, quebró los gestos amenazantes de los rebeldes. Éstos saltaron literalmente sobre sus posaderas al escucharlo, en movimiento reflejo repetido todos los días al sentir el tañido de la convocatoria.

De todos los puntos del barco acudieron en tropel los tripulantes, excepto los heridos, para hacerse con la ración correspondiente. Habib *el Moro* se quedó solo en su perorata y, a regañadientes, fue tras sus compinches: la comida era más importante que todo lo demás. De cualquier forma, nadie podía escapar de la *Cupido*, pareció decirse, conformándose.

Isabel se fijó en los piratas que, literalmente, devoraban lo que tenían en las escudillas. Eran hombres con instintos muy elementales, que vivían solamente para satisfacerlos. Todo estaba saliendo conforme a sus planes. Palabras apareció por una escotilla que comunicaba con el interior del navío y, desde lejos, le hizo un gesto de cabeza para informarle que había cumplido sus instrucciones.

No había experimentado a fondo el efecto de las semillas utilizadas, por lo peligrosas, pero si conseguía el resultado esperado, todo saldría a pedir de boca. Conocía las propiedades de las más diversas plantas de las selvas americanas, tanto para sanar o curar heridas, como para provocar adormecimientos o iniciar el camino de la locura. Estaba el ololiuqui o semillas de la Virgen, con propiedades alucinógenas. Tenía también semillas del diablo o tornaloco, altamente tóxicas, y que había que emplear con extremadas precauciones. Mucho más peligrosas eran las hojas y las semillas del árbol borracho, o floripondio, o borrachero, que producían graves problemas físicos y mentales. Naturalmente, no había usado ninguna de éstas porque hubiera sido un crimen, y no quería llegar tan lejos, aunque estuviera en juego su vida. Se había limitado a utilizar la corteza, convertida en polvo, del cäapí o yajé, llamada por los chamanes de los pueblos primitivos, «gran medicina». Sus propiedades eran realmente espectaculares y le bastarían para apoderarse del barco.

Una carcajada tremenda brotó del grupo de piratas. Una carcajada que no parecía humana. Estaban terminando de comer y empezaban a mirarse unos a otros con una expresión estúpida en sus torcidos semblantes. El que reía, un negro de tórax como un tonel, volvió a lanzar su risotada inhumana, y eso pareció contagiar a otros. Y éstos, a su vez, a los restantes, de tal modo que en unos minutos estaban todos los piratas riendo a carcajadas, como si se hubieran vuelto locos. Habib *el Moro* miró, desconfiadamente, los restos de la comida que tenía en el plato y luego se fijó en la muchacha con ojos sangrientos. Pero la carcajada que brotó de su pecho le hizo olvidar su desconfianza, y un momento después palmeaba las espaldas de sus compañeros, riendo también, unido al coro de orates filibusteros.

Isabel sonrió complacida, al comprobar el satisfactorio efecto del yajé utilizado, y empezó a entonar una cancioncilla improvisada con tono monótono, deliberadamente somnoliento:

Viva el ron,
Vivan las mujeres,
Viva la vida
de los piratas.

Quiero navegar
y nunca llegar.
Quiero ser libre
en la ancha mar.

Uno tras otro, los lobos de mar empezaron a dejar la mesa en la que comían para iniciar una torpe danza de borrachos pateando la tablazón de la cubierta, como un tam-tam casi africano, rítmico, ebrios por la droga ingerida, y movidos al monótono baile por la voz de la muchacha, una voz que trasladaba a sus cerebros las ancestrales órdenes de todos los brujos de las tribus primitivas, que desde siempre habían usado drogas similares y tonadas rítmicas para dominar la mente de sus adictos.

Isabel corrió por la cubierta hacia la escotilla donde estaba esperándola Palabras, alucinado por el espectáculo que veía.

—¿Dónde están los guardianes de los prisioneros?

El mudo señaló el grupo de danzantes locos.

—Entonces, ha llegado el momento: vamos a liberar a nuestros amigos.

LA NEGOCIACIÓN

El silencio se podía cortar en la cubierta de la *Cupido*. La fragata navegaba a medio trapo, reducido al mínimo el aparejo, por lo que el viento hacía crujir menos la arboladura, los cabos y el velamen. El propio casco estaba más tranquilo, no sometido a las tensiones de las jarcias que habitualmente arrancaban gemidos de la tablazón, al rozar puntales, cuadernas y gálibos*. El viento agitaba los cabellos de los hombres sobre cubierta. Los que podían mantenerse en pie esperaban pacientemente lo que pudiera suceder a partir de ese momento. Los que habían ingerido más ración de la comida drogada, habían perdido la vertical, y estaban tumbados de mala manera, conscientes pero incapaces de tomar ninguna decisión, con los ojos muy abiertos con una sombra de miedo en ellos, sin saber todavía qué les había ocurrido. De la euforia habían pasado al decaimiento más absoluto. El poso de la «gran medicina» era una sombra de terror, un miedo atávico; el temblor y la dejadez habían sustituido a las carcajadas y los gritos de ebriedad. Como todos los drogados, eran simples guiñapos, incapaces de sentirse, siquiera, personas.

La liberación del capitán y de su piloto, de Mateo de Inurria, de Simón Vélez y de Alonso suponía un drástico cambio de situación. Éstos, junto a Isabel y Palabras, estaban al pie de la toldilla, frente a la tripulación. La seriedad de sus rostros no presagiaba nada bueno. Los piratas, acostumbrados a la mueca burlona del rostro de Philippe Legrand, se mostraban inquietos ante el gesto rígido y la piel más pálida que de costumbre de su capitán. Sabían de sus arrebatos de cólera que eran más peligrosos que una galerna.

—Bien —la voz del francés se impuso por encima del viento—, nos habéis agasajado con una rebelión, seguramente en honor a nuestros invitados. —Era sarcástico el tono, lo que le hacía aún más peligroso—. Una rebelión se paga con la muerte. Lo sabéis, ¿verdad?

Philippe avanzó hacia sus hombres. Las manos sobre las culatas de sus dos pistolas al cinto.

Su mirada se paseó por los rostros de los filibusteros, examinándolos uno a uno, despreciándolos y desafiándolos a un tiempo. Los que estaban de pie le devolvían miradas temerosas, menos el que estaba en primer lugar, Graff *el Rojo*, el musculoso y pálido nórdico que se mostraba seguro de sí, a juzgar por su talante.

—No todos los hombres se han amotinado, capitán —dijo con su duro acento nórdico.

Philippe se encaró con él, rabioso.

—¿Te han nombrado su abogado?

—No; simplemente le estoy informando, capitán.

—¿Vas a defenderlos?

—No; usted lo hará mejor. Es hombre justo. —Su torpeza con el idioma le obligaba a hablar despacio, con meticulosidad.

Aquellas palabras trajeron calma a la situación.

Niña Isabel entendía lo que pasaba por la mente del francés. Adivinaba sus pensamientos porque eran los mismos que los de ella. Un motín a bordo había que zanjarlo con la máxima severidad. Sin el castigo adecuado, el intento se repetiría tarde o temprano, y esa vez con mayor violencia, sin descuidos ni errores, con más sangre. Pero si castigaba a todos se quedarían sin tripulación, lo que constituía la peor salida posible. De ahí, el dilema.

—En casos así, otros capitanes han preferido cortar orejas y narices de todos los rebeldes para que lo piensen mejor la próxima ocasión.

Se podía escuchar el latido presuroso de todos los corazones ante aquella amenaza, que suponía tanto como la ejecución inmediata: el barco se quedaría sin tripulantes hasta que las terribles heridas cicatrizasen.

—Pero no me voy a manchar las manos de sangre, aunque sea la de los perros que se han alzado contra mi autoridad. Sé quiénes son los cabecillas: Pinto Negro, Habib *el Moro*, Barbosa y seis u ocho más. Preparad una lancha con su vela y remos, un tonel de agua, alimentos para dos días y un cajón con armas y pólvora, bien claveteado para que tarden en abrirlo, y los abandonáis en alta mar. Si no aciertan a llegar a una isla, y los devoran los tiburones, peor para ellos. Se habrá hecho justicia.

—En esa lista hay un herido grave, señor. Pinto Negro aún necesita muchos cuidados —terció el pirata nórdico—, y cumplió el trato que se le propuso. En aquel momento podían haber muerto ustedes y él dio orden de que se les respetara.

El capitán bajó la cabeza, asintiendo.

—A cambio de su vida. Está bien. Quedará en manos de nuestra cirujano. Cuando esté curado recibirá cuarenta azotes de rebenque* en las espaldas desnudas. ¿Algún problema?

Nuevamente la respuesta fue el silencio. Aunque era una sentencia severa, todos conocían las leyes de la piratería, y sabían que los amotinados habían incumplido la más importante de todas, por lo que era justa la decisión del capitán.

El resto de la tarde transcurrió con los preparativos del desembarco de los rebeldes. Antes del ocaso, la lancha estaba junto a la *Cupido*, que se mantenía al pairo* para facilitar la operación. Uno tras otro, los condenados fueron bajando por una escala de cuerda hasta la pequeña embarcación que iba a marcar su destino. En su interior estaban el tonel de agua, la cesta de víveres y el cajón con las armas.

El último en descender fue Habib *el Moro*, más repuesto que sus compinches de los efectos de la droga quien, con mirada de odio, y sin importarle que varios hombres le apuntaran con mosquetes, escupió hacia Philippe:

—Te mataré.

—Yo puedo matarte ahora sin problemas, y no lo hago, bellaco. En eso nos diferenciamos.

Gastón D'Arc no pudo contenerse ante el desafío y dio una patada al rebelde, que cayó ruidosamente al agua, a punto de desnucarse contra la borda de la lancha.

—Lo siento, capitán —se disculpó volviéndose hacia su jefe.

Éste rió:

—Lo tiene bien merecido.

Hubo como un suspiro a bordo al apartarse la lancha del costado de la fragata. Los compañeros de los desembarcados se sintieron más tranquilos al ver que se había resuelto un problema incómodo para todos. No sentían ninguna piedad por sus compañeros de aventuras. Lo importante en su mundo, siempre, era sobrevivir. Los condenados empezaron a remar con furia, lanzando constantes maldiciones, mientras Philippe reía burlonamente, llenando con sus carcajadas el quieto atardecer. La lancha se alejaba de la *Cupido* llevándose el cargamento de bergantes a un ignoto destino, seguramente la muerte, como correspondía a tan escoradas vidas. El capitán se volvió hacia su segundo y piloto:

—Gastón, sácanos de aquí.

Su hombre de confianza dio las voces oportunas para izar algo de trapo*, el suficiente para seguir la navegación durante la cercana noche. Los hombres obedecieron las órdenes, mas había en sus movimientos y miradas y, sobre todo, en sus silencios, algo que no resultaba normal. Gastón esperaba que alguien pidiera la habitual ración de *grog* del atardecer, esa bebida a base de cuatro partes de agua y una de ron que ponía suavidad en las gargantas de los piratas cuando caía el día. Con ella llegaba el tiempo de las bromas y las chanzas antes de la cena, y tras la cual el ron se servía con más generosidad. Pero nadie reclamó el «agua de Barbados», como también llamaban al brebaje. Eso significaba que todos andaban preocupados por algo. Y un pirata con la mente confusa o descontenta suponía siempre un peligro.

Una vez de regreso a la cámara, donde se habían reunido los españoles con el capitán, comentando lo ocurrido durante los últimos dos días, Gastón dijo a media voz a su superior en un aparte:

—Huelo tormenta, capitán.

Philippe frunció el ceño.

—No oigo el viento, y el barco no se mueve gran cosa.

—No esa clase de tormenta.

—¿Te refieres...?

El piloto asintió:

—El motín no está cerrado. Ojalá me equivoque,

pero los hombres andan remisos y no discuten entre ellos.

—Hay ocho pares de brazos menos a bordo. Eso significa más servicio. A nadie le gusta trabajar más. ¿Has repartido bien los turnos?

—Lo he procurado.

—¿No hemos castigado a todos? ¿Ha quedado algún rebelde a bordo?

—Todos son rebeldes. Venderían a su madre por unas monedas. No podemos esperar lealtad de ninguno.

—¡Descabezaré la revuelta! —masculló el francés, con rabia—. No consentiré que nadie se alce contra los míos. ¡Señores! —alzó la voz atrayendo la atención de los españoles.

Mateo se volvió rápido, intuyendo lo que estaban hablando Philippe y Gastón:

—Cuente conmigo, capitán.

Al oírle, los demás rodearon a su anfitrión:

—¿Qué ocurre? —Isabel trató de leer lo que pasaba por el rostro del aristócrata—. ¿Nuevas revueltas?

—Me temo que sí, amigos. Gastón sospecha que algo no va bien. Los hombres andan desconfiados. Si no actuamos rápidos, padeceremos otra situación parecida a la que hemos vivido, y esta vez ya nada nos salvará.

—¡Ataquemos ahora que están descuidados! —propuso Alonso, tan impetuoso como siempre.

Palabras echó mano al enorme cuchillo que llevaba

a la cintura, mientras Philippe atajaba el entusiasmo de todos con las manos levantadas para acallar las ofertas de colaboración que recibía.

—Lo primero de todo, hay que retirar las armas y guardarlas en la santabárbara*, bajo vigilancia. Sólo si están desarmados podremos contenerles. ¿Puedo contar con ustedes?

Los reunidos alzaron sus voces, asintiendo, dispuestos a prestar su ayuda. Estaban en juego sus vidas. Pero Isabel, desentendiéndose de la algarabía, preguntó:

—¿Cuántos hombres componen la tripulación?

—Cuarenta y tres. —El segundo respondió al instante—. No cuento a Joseph ni a los grumetes. Ellos no se alzarán en armas.

—Nosotros somos siete.

La diferencia de efectivos dejó contritos a los reunidos.

—Debemos actuar con rapidez y eficacia. —Philippe se mostró decidido.

—Usted, capitán, y Simón Vélez están convalecientes. No podrán emplearse a fondo, en caso necesario.

—¿Qué propones, niña? —gruñó el capitán—. ¿Que nos rindamos?

La muchacha sacudió la cabeza, ignorando el tono de burla y siguió con su idea:

—Sería mejor utilizar la astucia, negociar. Más vale perder una parte, ceder en algo, que dejar la vida en el empeño.

Unos golpes en la puerta impidieron que nadie expresase su opinión sobre aquella propuesta.

El capitán hizo un gesto con la cabeza y Gastón abrió la puerta de la cámara.

En el quicio estaba el gigante rubio, Graff *el Rojo*, con las manos abiertas para mostrar que no iba armado, en evidente señal de paz.

—¿Te he llamado, Graff? —preguntó adustamente el capitán.

El sueco no quiso enterarse del tono despectivo.

—Yo le aprecio, capitán —dijo conciliador—, pero tenemos algo de que hablar.

—¡Yo decido cuándo hay que hablar y cuándo hay que callar! —gritó el capitán—. Y éste no es momento para cháncharas. ¡Lárgate a tu puesto!

Pero el pirata no se movió.

—Es mejor que hablemos, señor. Ahora. Si quiere echar una mirada aquí fuera... —Graff se apartó de la puerta para permitir la visión de sus compañeros formando un compacto y silencioso grupo. Los faroles que habían encendido en la cubierta arrancaban destellos metálicos, nada tranquilizadores, a los sables de abordaje que todos empuñaban resueltamente. Algunos, además, alzaban pistolas y mosquetes en señal de muda amenaza.

Philippe, desde la puerta de su cámara, arrogante como nunca, barbotó:

—¿Otro motín? ¿No habéis escarmentado?

A su lado, Graff sacudió la cabeza:

—No, señor. Aún no.

—¿Qué quieres decir? ¡Si es una amenaza te colgaré del palo mayor!

—Le estoy salvando la vida, señor —dijo pausadamente, con cierta dificultad para pronunciar bien—. A usted y a sus invitados.

—¿Qué te propones? ¿Quieres ser el nuevo capitán, ahora que Pinto Negro está casi degollado?

—No aspiro a serlo, sino a que no corra más sangre. Usted es un buen capitán.

—Pero te alzas contra mi autoridad.

—No; sólo quiero hablar.

—¡Hace rato que me has interrumpido con tu palabrería y aún no has dicho nada!

Graff *el Rojo* se apartó de la cámara y fue hasta el borde de la toldilla, poniéndose al frente de la tripulación, como si necesitara del refrendo de sus compañeros piratas para seguir hablando.

El grupo de rebeldes era compacto. En todos los rostros se veía la determinación, y una tensión a la que no estaban acostumbrados. Eran gente primitiva, que sólo sabía divertirse y emborracharse o pelear hasta la muerte. No entendían de negociaciones. Para ellos las cosas eran, simplemente, blancas o negras. No había matices. Y todos habían hervido en sus buches bastantes agravios como para olvidarlos fácilmente.

—Esto no es un motín —aclaró Graff—, pero... puede serlo si no andamos con cuidado.

—¿Me amenazas?

El silencio fue largo, crispante para los nervios de todos.

—¿Cuánto hace que no cobramos una buena presa? —preguntó pausadamente el nórdico—. Dos meses. Usted nos llevó a isla Tortuga para descansar... descansar ¿de qué? No hemos visto un doblón de oro hace tanto tiempo que los muchachos ya no saben el color que tiene. Y en isla Tortuga no pudimos divertirnos porque nos faltaba con qué pagar bebida, juego y mujeres. Sólo usted se metió en una timba que... por poco le cuesta la vida, y a todos el barco.

—¡El barco es mío! —rugió Philippe.

—Pero también nuestro. En él vivimos y en él podemos morir. Estamos ligados a la *Cupido* tanto como usted. Es nuestro hogar... y nuestro ataúd. No nos gusta que se ponga en peligro. Y usted estuvo a punto de echarlo al fondo del mar con aquel duelo estúpido contra Jan Van Hoffen.

El francés apretó los puños, rabioso por aquellas palabras que ponían en solfa su actuación.

—¿Adónde quieres ir a parar?

—Queremos resolver el problema. Es lo que querían Pinto Negro, Barbosa y Habib *el Moro*: tener una presa al alcance de nuestros cañones, abordar algún barco, ganarnos la vida *honradamente...* —Y sonrió, burlándose de sus propias palabras—. Ellos han fracasado y ahora están remando en el océano, con riesgo de sus vidas. Es lo normal. Apostaron y han perdido. No queremos que a nosotros nos suceda lo mismo.

Los piratas gruñeron algo entre dientes, pero alzaron sus armas, amenazadoramente.

—Además, es de mal agüero llevar una mujer a bordo. Eso complica las cosas. Usted no se da cuenta, pero la gente de mar sabe que una mujer siempre trae problemas. Y que usted no buscará ninguna presa mientras ella y sus amigos estén a bordo, para preservarlos de posibles peligros.

Por fin había dicho lo que llevaba entre pecho y espalda. Philippe volvió el rostro para mirar el interior de su cámara, donde se agolpaban los españoles. Antes de que encontrara una respuesta, Isabel salió a la toldilla, empujando a sus compañeros, y poniéndose delante del capitán, a un paso de Graff *el Rojo*. Palabras corrió tras ella, desenvainando el cuchillo, pero ella le contuvo con un gesto.

—Creo que estás hablando de mí —empezó, mirando fijamente al pirata pálido y de pelo pajizo.

Graff no respondió, confuso ante la súbita aparición.

—¿Soy yo quien trae la mala suerte a bordo? Eso he oído, pero ¿por qué no se lo preguntamos a Pinto Negro que todavía vive aunque tenía rebanado el cuello, o a Hans, con una bala que hubiera dado con él en el fondo del mar? ¿O a los otros a los que curé, y ni siquiera sé su nombre?

Con dos dedos de su mano derecha empujó rabiosa el desnudo pecho del nórdico, que retrocedió ante el impetuoso avance de la muchacha.

—¿No fuiste tú quien pidió que siguiera curando a Pinto Negro porque se os moría?

Isabel se apartó de Graff y paseó la mirada por el resto de los piratas. Veía en ellos fiereza, pero también confusión. No entendían bien lo que sucedía.

—Soy mujer, eso es cierto. Pero ¿he perturbado el orden en el barco? ¿Me he insinuado? ¿He jugado con vuestros sentimientos? ¿He provocado a alguien? ¿He usado mis *encantos* para enfrentaros unos a otros? —Bajó la escalera, pausadamente, desafiando a los sublevados, que empezaron a retroceder impresionados por la valentía de la muchacha—. ¿Habéis olvidado que salvé la vida de vuestro capitán en su pelea con Jan Van Hoffen, que estaba a punto de matarle? ¿Soy peligrosa para vosotros o para el barco? ¡Aquí me tenéis! Si lo soy, ¡arrojadme por la borda!

Graff intervino y bajó la escalera de la toldilla.

—Bueno, los muchachos piensan que...

—¡Déjate de tonterías, Graff, o como quiera que te llames! Eres tan tonto como grande.

El desdén fue como una bofetada en pleno rostro del pirata.

—Conozco mejor que vosotros las leyes del mar. Me he pasado la vida sobre una cubierta. Soy mejor marinero que cualquiera, y puedo demostrarlo. Y si queréis desafiarme, dadme una espada y veremos quién cae primero, quien la empuñe o yo.

Era una fanfarronada, pero sabía que era el lenguaje que cabía utilizar con aquella chusma.

—Bueno, quizá seas diferente... —empezó a admitir Graff que, conforme hablaba se sentía más seguro—. El caso es que podríamos admitirte en la *Cupido* si te comportaras como uno de nosotros... —Y miró a sus compañeros—. ¿No os parece?

Las cabezas empezaron a moverse con gestos afirmativos. En efecto, recordaban las habilidades curativas de la muchacha y quien más quien menos pensaba que sería muy útil para coser heridas o curar males marinos. Rara vez se contaba con un médico que fuera algo más que un serrador de huesos o un cauterizador de heridas, cosas que todos odiaban por razones obvias.

—Pero queda en pie el principal problema —siguió Graff en su papel de portavoz—. ¿Nos vas a llevar tú a un buen botín? ¿Te pondrás al frente de un abordaje que valga la pena?

Isabel sonrió, satisfecha de sí misma por cómo estaba llevando la negociación.

—Haré algo más. Os llenaré los bolsillos de oro.

—¿Tienes alguna mina? —rió alguien del grupo, al que no identificó.

—Algo mucho mejor. En las minas hay que picar, y la roca es dura como bien sabéis. Yo os propongo una tarea más sencilla y descansada: abrir los cofres del tesoro de Stuart de Klerk.

—¿De Brazo de Hierro?

La pregunta de uno que se encontraba en primera fila estaba cargada de incredulidad y codicia a un tiempo.

—Brazo de Hierro, sí. Stuart de Klerk, el pirata del *Luna de sangre*. Conozco su refugio. Está en isla Perdida, donde el oro, las piedras preciosas, las perlas, y toda clase de ricas telas y fastuosas sedas, están esperando que alguien con decisión y valor vaya a recoger semejante tesoro.

Un gruñido colectivo de aprobación brotó de todas las gargantas. El solo hecho de nombrar tamaño botín fue como bálsamo para los rostros crispados y feroces. Todos los ojos se encendieron de ambición. Veían al alcance de su mano el brillo del oro con el que comprar tantos placeres, el resplandor equívoco de las perlas aptas para gargantas de marfil, las sedas envolviendo cuerpos que les enfebrecían, todo lo que tanto ambicionaban y no habían podido ni soñar que alguna vez pudieran alcanzar. Y esa posibilidad dependía de una mujer, de una muchacha como la que estaba ante ellos, aparentemente frágil pero con gran carácter, que tenía dotes de mando, que no era una damisela llorosa ni una deslenguada de vida airada, y que además sabía de barcos y podía curar las más terribles heridas. En un instante el viento destructor cambió de rumbo, siendo sustituido por otro de gloria.

—¡Que sea nuestro capitán! —propuso alguien, excitado por tantas maravillas.

—Ya tenéis un capitán: Philippe Legrand —esquivó ella.

—No —rechazó Graff—. Él es el patrón, el dueño del barco. Tú serás nuestro capitán para llevarnos hasta el tesoro de Stuart de Klerk, pues conoces dónde se encuentra isla Perdida.

Tras la muchacha, Philippe aceptó:

—Sea. ¡Ella será la Niña Pirata!

Isabel se volvió hacia el francés, negando con insistencia. No podía aceptar aquel acuerdo.

—Todos la ayudaremos —siguió el aristócrata—, y todos la seguiremos.

Un coro de piratas, gritando a cual más, le impidieron continuar protestando. La perspectiva de un valioso botín les llevaba al cénit de su entusiasmo. Como suele ocurrir en todos los movimientos de masas, al deseo de sangre puede suceder en unos instantes el impulso de coronar a quien poco antes se quería ejecutar. De igual manera que el tornadizo viento cambia con frecuencia el curso de una nave haciendo desaparecer los más negros nubarrones para permitir el esplendor del sol.

—¡Una ronda de ron! —propuso alguien, con tanta sed como entusiasmo.

—¡Que el despensero traiga la pipa! —ordenó Legrand.

En unos instantes, las jarras salieron a la luz de los faroles y comenzaron los brindis y las celebraciones anticipadas por el botín a conquistar. El francés se situó junto a Isabel.

—Eres maravillosa: tienes una autoridad natural. Es un don que viene de tu sangre.

—Lo he aprendido de mi padre.

—Ellos confían ahora en ti. No me importará que me des órdenes.

—Usted seguirá siendo mi capitán.

—La *Cupido* está a tu servicio para rescatar a don Pedro María. ¡Vamos a isla Perdida!

EL CONTRATO DE LOS PIRATAS

Al amanecer, el sol empezó a lanzar sus rayos sobre la cubierta de la *Cupido*, borrando las sombras de la noche. Era un sol muy pálido todavía, no despierto del todo, encaramado sobre las costas de la lejana España. Isabel ya estaba en cubierta, muy despejada y ansiosa ante la posibilidad de ir en ayuda de su padre, aunque ignoraba su paradero. Para conseguir hallar su rastro debía ir a isla Perdida, donde sin duda estarían los piratas de Stuart de Klerk. Así averiguaría qué había sido del marino español. No pensaba siquiera en la posibilidad de que don Pedro María hubiera muerto. Para ella, estaba vivo. Tenía que estarlo. No concebía su vida futura sin tenerlo a su lado.

—Mucho has madrugado. —Gastón D'Arc, a su lado, la miraba con agrado.

—Apenas he dormido. Mi padre...

—Lo comprendo. Simón Vélez se ha hecho cargo del rumbo —informó. Es un buen marino.

—Tiene tantos deseos como yo de recuperar la nao *Virgen del Pilar* y a su capitán. Aunque no con exactitud, tenemos una idea de dónde se encuentra isla Perdida. No pudimos marcar su posición con la brújula, el astrolabio y demás instrumentos náuticos, pero por la posición de la estrella Polar y el rumbo que seguimos para llegar a isla Tortuga creo que conseguiremos hallarla. Esta noche hemos hablado de ello, trazando el rumbo que suponemos más adecuado.

—Estamos a tu lado en todo —acató el piloto—. El capitán me ha dicho... perdón, Philippe Legrand: el capitán eres tú.

—No. —Isabel movió la cabeza con énfasis y su pelo dorado osciló brillando al nuevo sol—. Él es también mi capitán. No importa lo que diga la tripulación.

—Es mejor que guardemos las formas —aconsejó—. No conviene llevarles la contraria, al menos hasta que estén más calmados.

La muchacha mostró en su rostro una expresión decidida:

—Sé cuál es mi puesto en esta aventura. Os agradezco a Philippe y a ti que pongáis el barco al servicio de una causa justa, cual es la de liberar a mi padre. La lucha contra Brazo de Hierro no va a ser fácil, pero la tripulación tendrá amplia recompensa del riesgo que van a correr. El tesoro de Stuart de Klerk es realmente valioso.

El piloto de la *Cupido* rechazó de plano:

—Eso está bien para ellos. No para Philippe ni para mí. No entraremos en el reparto.

—¿Por qué? Arriesgáis el barco. Justo es...

—Niña... —se aproximó Philippe, que había oído la

conversación—, ni Gastón ni yo tenemos interés alguno por el oro o las perlas. No sirven para nuestras vidas. Nos gusta la aventura y el azar del mar, nada más. Estamos metidos en esta misión sólo por ti. Eres lo más importante. Si tú anhelas encontrar a tu padre, nosotros también. Si quisieras conquistar todo el Caribe, nosotros también. Nuestras vidas son tuyas... y tú lo sabes.

Isabel estaba abrumada por aquellas palabras.

—Capitán, no creo merecer ese sometimiento. Os hace daño... y a mí también. No puedo corresponder a...

El francés ya estaba a su lado. Traía un trapo negro en sus manos.

—Sí puedes, Isabel.

—No. —Sus ojos estaban fijos en los de Philippe, y veía en ellos una rendición que no se atrevía a contemplar.

Gastón se había retirado, prudentemente, sabiendo que aquella conversación era demasiado privada.

—Tengo que decirte lo que siento...

—Ahora, no, capitán.

—¿Por qué no me permites hablar...? —El francés parecía sufrir con cada palabra.

—No quiero hacerle daño. Ha sido muy bueno conmigo, pero...

—No lo digas —pidió él.

Estaban frente a frente, acariciados por la brisa matutina, bañados por los rayos del sol que de minuto en minuto se hacía más fuerte, iluminados por un dorado resplandor que en Isabel era corona de oro. Los ojos de Philippe eran más negros y profundos que nunca escrutando la expresión de la muchacha.

Isabel comprendió que el hombre que tenía ante sí estaba literalmente rendido, desesperado por hallar una paz que hacía años no sentía, prendado de ella, esclavizado seguramente por lo que ella representaba, por lo que creía que podía suponer en su vida sin rumbo. Y sintió pena. Él era un hombre que había recorrido más de la mitad de su vida en absoluta soledad aunque hubieran sido muchas las mujeres a las que había abrazado. Al parecer creía haber encontrado su ideal perdido en ella, pero Isabel sabía que no podía darle el amor, la alegría y la vida que él merecía. Isabel entendió de pronto lo que era la grandeza y la servidumbre del amor, y lamentó no ser el bálsamo que sus heridas necesitaban. Ella realmente era una niña, y él un hombre maduro, con demasiados costurones en su alma, con un pasado que volvería una y otra vez por mucho que quisiera alejarlo. No habría amor sino dolor en sus vidas.

—Capitán...

—Llámame Philippe —pidió él roncamente.

—Philippe, no quiero engañarle, no quiero que alimente esperanzas vanas. Yo no soy capaz de jugar con los sentimientos de nadie. Todavía está a tiempo...

—A tiempo, ¿de qué? —preguntó él.

—De variar el rumbo, de no ir a isla Perdida, de abandonar esta causa que a usted no le concierne.

—Tú me conciernes.

—No. —Isabel tenía los ojos llenos de lágrimas. Sufría porque él se estaba literalmente desplomando—. Entiéndalo, Philippe. Míreme fijamente, examine mi rostro, mis ojos, mi cuerpo, mis manos... Yo no soy Dominique... ni puedo serlo. Su amor está en ella, no en mí. Y ella fue seguramente un sueño...

—... una pesadilla.

—Lo siento, Philippe. No se engañe. ¿Por qué ha de sufrir más? Vuele libre como las gaviotas, viva, pelee y ame a tantas como lo ha hecho hasta ahora, pero no busque algo que está en el pasado.

El aristócrata estrujó la negra tela entre sus manos.

—¿Quieres decir que no debo amarte? ¿Que no puedes amarme? Me conformaré con lo poco que tú me des.

—No, Philippe. Usted merece muchísimo más de lo que yo puedo significar para usted. Y ahora, si he conseguido dejarlo todo claro, dé la orden para que la *Cupido* varíe el rumbo. Ya no vamos a isla Perdida. Déjenos en cualquier puerto y yo me las arreglaré para ir en ayuda de mi padre.

El francés apretó mucho los labios, hasta que éstos desaparecieron en una fina línea en su rostro. Fue un instante lleno de silencio, de fuerza y de superación. Poco a poco él sonrió con gran esfuerzo y fue lo más luminoso de la mañana, mientras soltaba el trapo que tenía en las manos.

—Es tu bandera, niña.

Isabel miró la negra enseña con la calavera y una trenza dorada que caía de ella.

—Niña Pirata, como te dije anoche. Es tu pabellón de guerra. Lo izarás en el palo mayor cuando ataquemos a Stuart de Klerk.

—Usted nunca se rinde... —rió Isabel, aunque estaban húmedos sus ojos—. Está completamente loco al seguir en esto.

Él se encogió de hombros.

—Sólo se vive una vez.

Le cogió de las manos al preguntar:

—¿Puedo besarle?

Asintió al acercar su cara.

Isabel le besó en ambas mejillas. Notó que su piel estaba bien afeitada y perfumada, como siempre. Un caballero nunca olvida las buenas costumbres ni en un barco pirata.

Al apartarse, la muchacha vio que la escena había sido atentamente seguida por Palabras, Mateo y Alonso, que no se habían perdido ni un segundo de la entrevista. Palabras estaba tenso como un muelle, con cara de pocos amigos mirando al francés, enterado de lo que pretendía el capitán y furioso porque pudiera suponer un peligro para su protegida.

Philippe Legrand hizo un gesto a Gastón, que se acercó al instante:

—Éste es el pabellón de la *Cupido* a partir de ahora. Que ondee en el palo mayor —instruyó, entregándole la bandera pirata.

Isabel fue al encuentro de sus compañeros.

—¿Ocurre algo? —preguntó, tenso, Mateo de Inurria.

—Nada que deba preocuparte. El capitán nos llevará a isla Perdida.

—¿A cambio de qué...?

La muchacha irguió su cuerpo y levantó la barbilla, con autoridad.

—Es algo que no te incumbe y de lo que no debo darte cuentas.

El alférez pareció encogerse ante el impacto de aquellas palabras. Alonso apoyó:

—Tratamos de protegerte.

—¡Yo sé protegerme! —casi gritó—. No soy ninguna niña.

Les dio la espalda, furiosa. Estaba cansada de que todo el mundo pretendiera manejar su vida.

Palabras fue tras ella, como un escudero, la mano en la empuñadura de su cuchillo, infatigable en su vigilancia.

En la toldilla de popa casi se tropezó con Graff *el Rojo,* que surgió de detrás del palo de mesana.

—Capitán, hay cosas que tenemos que dejar claras.

Como si fuera una señal, los piratas que estaban en cubierta se acercaron en un instante, rodeándoles. Palabras sacó el cuchillo y lo levantó a la altura del rostro del nórdico, en evidente gesto agresivo.

—No soy el capitán, Graff —respondió Isabel.

—Sí lo es. La tripulación la eligió como tal anoche.

Para todos nosotros, usted es el nuevo capitán. Si quiere, Philippe Legrand es el patrón. Cuestión de nombres y de jerarquía. Y si le gusta que haya paz, dígale a su guardián que deje de arañarme con su cuchillo o aquí correrá la sangre.

Isabel miró en derredor. La situación era otra vez compleja. Aquella tripulación seguía siendo levantisca pese a todo lo ocurrido. Más allá del círculo de piratas, vio a Gastón y al capitán de la *Cupido* correr hacia ellos, las espadas desenvainadas.

—Ya has oído a Graff, Palabras. No hay peligro. Sólo quiere hablar.

El mudo bajó el cuchillo, pero no demasiado. No parecía fiarse de nadie.

—¿Cuál es el problema ahora, Graff?

—Hemos de llegar a un acuerdo. Es lo normal. Cuando cambia un capitán, se renueva el reglamento.

—¿A qué te refieres?

—A las leyes de los Hermanos de la Costa. ¿Las conoces?

—Creo que sí.

—Por si acaso, las concretaremos. Deben quedar claras antes de un abordaje, o luego hay disputas. ¿Me entiende?

—Si te explicas...

Graff se cruzó de brazos, resaltando sus poderosos bíceps. Luego, alzó la voz:

—Dama Isabel es la nueva capitán, ¿quedáis todos enterados?

Los reunidos alzaron sus voces, afirmativamente.

—¿Por qué ese nombre de Dama?

—Lo es. Sus amigos la llaman Niña. Nosotros, Dama Isabel. ¿Está conforme?

Era curiosa la mentalidad de aquellos piratas, se dijo la muchacha a punto de reír por aquella salida.

—Como tal capitán, tendrá derecho a una parte y media del botín.

Sacudió la cabeza negativamente:

—No quiero botín alguno. Sólo quiero encontrar a mi padre. Mi parte es para vosotros por la ayuda que recibiré para rescatarlo.

Graff y los demás piratas se miraron sorprendidos y prorrumpieron en un grito de júbilo.

—Gracias. Es muy generosa. A cambio, le juramos que sus enemigos son los nuestros.

Isabel asintió con una sonrisa y una inclinación de cabeza.

—El patrón, Philippe Legrand, el piloto, el contramaestre y el alférez cobrarán una parte y cuarta.

Desde detrás del círculo de piratas, y abriéndose paso por entre las recias espaldas, Philippe negó:

—¡Nadie me dirá lo que debo cobrar! Yo no quiero botín.

Gastón, Mateo, Simón y Alonso que iban en grupo con el francés negaron también:

—No queremos botín. ¡Sólo rescatar a nuestro capitán!

El nórdico rió:

—Esto se pone bien. Otros puntos son: todo hombre

obedecerá al capitán; todo hombre que deserte, oculte algún secreto o robe algún objeto de la cofradía será expulsado de la nave y dejado en una isla desierta; todo hombre que fume bajo cubierta, junto a la santabárbara, lleve una vela encendida sin farol o provoque una pelea a bordo, recibirá 40 azotes; todo hombre que no cuide de sus armas ni las tenga listas para el combate o se muestre remolón en la pelea, perderá su parte; todo hombre que moleste a una mujer honrada a bordo y le hiciera proposiciones sin ella consentírselo, será condenado a muerte.

—Gracias por lo que me toca; parece que soy la única mujer a bordo —se burló Isabel.

Graff prosiguió con semblante serio, muy puesto en su papel de marcar las normas de la nueva empresa corsaria:

—Por último, todo hombre que sufra una herida importante en el asalto, recibirá 400 monedas de a ocho: y si pierde algún miembro del cuerpo, percibirá 800. ¿Estamos de acuerdo?

—Por mi parte, estoy conforme —admitió la muchacha.

—¿Y vosotros? —Graff paseó la mirada por los piratas, atentos a sus palabras.

El coro de voces aceptando las normas, habituales en los barcos piratas, y recordadas una vez más, pusieron fin a la reunión.

Simón Vélez gritó:

—Y ahora, ¡todos a sus puestos! Hemos de forzar la navegación para llegar cuanto antes a isla Perdida.

INCERTIDUMBRE

Era el tercer día de navegación y aún no habían avistado isla Perdida. Los piratas empezaban a ponerse nerviosos ante la eventualidad de que Isabel no supiera en realidad dónde estaba el escondite de Stuart de Klerk y, con ello, se desvanecieran las esperanzas de entrar a saco en su botín. Graff mantenía a uno de sus hombres en la cofa, día y noche, para que diese la voz en cuanto avistase una isla, unas palmeras, unas rocas en la mar. La tripulación completa ardía en deseos de acabar la navegación y luchar por un tesoro que todos imaginaban fabuloso. Philippe Legrand, por su parte, aunque había abandonado la tarea de capitanear la *Cupido,* dejando esta faena en manos de Isabel y de Simón Vélez, quería también acabar cuanto antes la singladura que debía finalizar con el hallazgo y rescate de don Pedro María.

Pero la que estaba más tensa y desasosegada era Isabel. Los minutos se le hacían horas, y las horas días para encontrar a su padre. Ahora que se suponía que estaba cerca de lograrlo, se debilitaba su convicción de que estuviera con vida, y la sola posibilidad de que hubiera perecido a manos de los hombres de Brazo de Hierro la llenaba de tristeza y de confusión. Si eso se confirmaba, ¿cuál sería su futuro? ¿Qué haría de su vida?

Todo el mundo a bordo estaba en cubierta, la mayoría asomado a las bordas, atisbando hacia lontananza para adivinar más que ver los contornos de isla Perdida. Y todos también iban armados hasta los dientes, como si no tuvieran tiempo para aprestarse a la lucha y temieran no estar suficientemente preparados para el abordaje. Isabel iba igualmente con el sable a un costado y dos pistolas colgando de su cinturón, tanto era el deseo de entrar en liza. Palabras, tras ella, silencioso como siempre, llevaba sable, puñales, pistolas y mosquete, con el rostro crispado por su deseo de pelea en defensa de su señor y capitán.

La muchacha, cruzada de brazos, embutida en su pantalón de fino cuero y con la blanca blusa inflada por el viento, se mantenía erguida en la toldilla, como un flexible gato, tensos los músculos para saltar en cualquier momento. Llevaba el pelo recogido en dorada coleta, peinado que había adoptado desde que la enseña pirata izada en el palo mayor mostrara la tradicional calavera corsaria adornada con aquella rubia trenza pintada por Philippe. Éste, desde la puerta de su cámara, preguntó:

—¿Estamos extraviados, niña?

Ella hizo un gesto de impaciencia.

—Isla Perdida no puede estar muy lejos. Simón y

yo coincidimos en nuestros cálculos, pero la impaciencia me consume.

El sol empezaba a declinar, haciendo confuso el horizonte. Mateo de Inurria subió la escalera de la toldilla con pasos flexibles.

—Hoy tampoco ha habido suerte.

—Todavía quedan varias horas de sol.

—No tantas —replicó el alférez—. La visión se hace confusa. Sería prudente arriar velas y mantenernos al pairo hasta que amanezca. Podríamos dejar atrás isla Perdida sin verla en la noche.

La muchacha hizo una seña a Simón Vélez, que estaba continuamente junto a la barra del timón, dictando órdenes al timonel en su incesante búsqueda por el tranquilo mar. El contramaestre acudió a la llamada.

—¿Nos estamos equivocando, Simón?

El andaluz, sin dejar de mirar a babor, negó con la cabeza.

—No es posible. Aunque estaba malherido, fijé bien en mi memoria la posición de las estrellas cuando me rescataste. Tú tienes el mismo recuerdo. No es posible que los dos estemos confundidos.

—Por si acaso, amaina el trapo. Iremos lentos. Lo prefiero a tener que virar* en redondo.

El contramaestre dio las órdenes oportunas, y poco después la *Cupido* navegaba a escasa velocidad. Un silencio nervioso reinaba en la nave. Simón regresó junto a la caña del timón en demanda de ceñirse más al viento. Isabel bajó de la toldilla y empezó a pasear por cubierta, la cabeza hundida en el pecho, reconcentrada en sí misma. El sol caía hacia el horizonte, donde debía de encontrarse la tierra que buscaban. Apoyada en el palo mayor, miró hacia la incendiada línea de poniente, sin ver nada, heridas las pupilas por aquel sol tropical.

—Pareces de oro. —Oyó a su lado la voz de Mateo, con entonación admirativa.

—Tu mirada debe estar en el horizonte, en busca de tu capitán. No en mí.

—Daré mi vida por él, pero ahora...

Tenía una expresión de sufrimiento en su rostro. Isabel estaba tan desolada que sintió pena por él.

—Perdona, tengo los nervios destrozados.

—Eres muy dura contigo... y con los demás. Llevamos muchos días de incertidumbres desde el abordaje del *Luna de sangre*. Estoy seguro de que estamos muy cerca de encontrar isla Perdida. Cuando la avistemos, nuestras vidas correrán un gran peligro. Los hombres de Stuart de Klerk no van a rendirse fácilmente. Por eso, yo...

—¿Qué?

—Desearía hablarte y mostrarte mi...

Mateo estaba visiblemente nervioso y azorado.

—Si algo nos pasa... Si algo me pasa, quiero que sepas, Isabel, mis sentimientos hacia ti —dijo de un tirón, como si le quemaran con un hierro al rojo vivo.

La muchacha no le dijo nada, y le observó con intensidad. Mateo era un hombre apuesto, joven y valiente. Sin duda guapo y arrogante. Uno de esos hombres que habían llevado el nombre de España por todos los mares, dejando tras de sí una estela de honor y de hidalguía. En aquellos momentos, en los que se sentía tan triste por el momentáneo fracaso de su misión, estaba especialmente sensible, a punto de gemir. Lo hubiera hecho de haber encontrado un pecho tan acogedor como el de su padre. Pero estaba sola. Sola frente a su destino, sola ante los piratas que la seguían en una empresa casi descabellada y que se volverían contra ella en cuanto se sintieran defraudados, sola ante Philippe, ante Mateo, ante Alonso...

—Lo primero que haré, cuando rescatemos a tu padre, será pedirle tu mano —terminó roncamente.

Isabel lo hubiera abrazado por la ternura que despertó en ella aquella frase. Pero hizo un esfuerzo por sobreponerse.

—¿No sería conveniente que me preguntaras primero si estoy de acuerdo?

—¿Lo estás? —se ilusionó él.

—No adelantemos las cosas. Antes tenemos algo que hacer.

—¡Dame una esperanza, al menos!

—¿Vas a dejar la marina? ¿Te enrolarás en otra nave? ¿No seguirás en la *Virgen del Pilar*?

Mateo le cogió una mano.

—¡Nunca te dejaré ni a ti ni a tu padre!

—Entonces —rió ella—, hay tiempo para hablar de todo...

—¡Tierra! —gritó en aquel instante el pirata de la cofa—. ¡Ahí tenemos isla Perdida! ¡Está a babor! ¡A babor!

El griterío que siguió fue ensordecedor. Los piratas lanzaron sus gorros al aire, y varios de ellos echaron mano de las pistolas para dispararlas, pero Mateo intervino briosamente:

—¡Quietos! ¡Todo el mundo en silencio! ¡No disparéis! ¡Tenemos que sorprender a los hombres de Brazo de Hierro!

Simón Vélez le gritó al timonel:

—¡Todo a babor!

Luego alzó la vista hacia las velas.

—¡Arriad!

Philippe, seguido por Gastón D'Arc, se plantó en mitad de la cubierta, junto a Isabel. Llevaba en la mano su catalejo de latón.

—Primero de todo, asegúrate de que es isla Perdida.

La muchacha enfocó el instrumento óptico y observó durante unos minutos el horizonte. Simón se puso a su lado.

—Creo que hemos llegado. ¿Qué opinas, Simón?

Éste se tomó su tiempo.

—Pienso que sí, pero me gustaría asegurarme.

—Avancemos poco a poco —indicó Philippe.

Mateo tomó el catalejo de manos del contramaestre.

—Sí, es isla Perdida —aseguró—. Y... veo unos mástiles.

Los piratas gritaron llenos de excitación.

—¡La *Virgen del Pilar*! —deseó Alonso, que llegaba a la carrera y había oído las últimas palabras del alférez.

Philippe se volvió a Gastón:

—Echemos el ancla. Hay que esperar a que caiga el sol antes de acercarnos. De noche les sorprenderemos más fácilmente.

¡AL ASALTO!

Por fortuna, aquella noche no había luna y la *Cupido* podía acercarse a isla Perdida sin ser vista, empujada por la marea, en completo silencio. Las instrucciones habían sido claras: en varias lanchas la mitad de la dotación de la *Cupido* se aproximaría a la isla para sorprender a los piratas de Stuart de Klerk, que ya estarían dormidos en su mayoría, para desarmarles sin lucha. Sólo entonces, la artillería de la fragata dispararía sobre el *Luna de sangre*, intentando desarbolar sus cañones para inutilizarlos. Si conseguían ambos objetivos, la invasión sería un éxito con un mínimo de pérdidas humanas.

En la primera lancha iban Graff *el Rojo*, Mateo, Isabel, escoltada por Palabras y Alonso, con varios piratas. El resto de embarcaciones contenían a los más belicosos filibusteros, armados hasta los dientes, con sus brillantes ojos llenos de codicia y taladrando la oscuridad en busca de enemigos. A bordo de la fragata habían quedado Gastón y Philippe, quienes se ocuparían de la artillería.

Los remos no levantaban el menor ruido al hundirse en las suaves olas que se deslizaban hacia la playa. Hasta el aire parecía haberse detenido en aquel momento de la noche, como si quisiera obedecer también las instrucciones para el desembarco.

La primera lancha tocó fondo en la playa. Graff *el Rojo* fue el primero en saltar al agua. Isabel y los demás lo hicieron tras él. Agachados, llegaron hasta la arena, donde permanecieron agazapados, mirando a su alrededor en busca de centinelas. Pero no había nadie a la vista. Como siempre, los hombres de Brazo de Hierro se consideraban muy seguros en su refugio y no parecían haber tomado precauciones. Isabel se adelantó hasta ver las cabañas donde dormían los piratas, en semicírculo ante una fogata decrépita. Más allá del campamento, a escasos metros de la orilla, se balanceaba el barco de Stuart de Klerk, con todas sus luces apagadas, como una sombra en la oscura noche. Pero por mucho que se esforzó, Isabel no pudo distinguir la familiar silueta de la nao de su padre, que ya debería de estar reparada. Su corazón le palpitaba con fuerza en el pecho, ante la perspectiva de conocer qué había sido del bravo marino. En ningún momento había querido pensar en que le hubiera sucedido lo peor, aunque al pisar la playa de isla Perdida sus esperanzas eran menores que nunca. La aprensión ponía un nudo en su garganta, que se traducía en una gran pesadez de piernas, como si no quisiera dar los últimos pasos antes de conocer una terrible verdad.

Para entonces, Graff había encendido un pequeño

farol con el que hizo señas a la *Cupido*. Unos minutos después, sonó una explosión y casi al instante una pesada bala cayó en la borda del *Luna de sangre*, haciendo saltar por los aires varios cañones.

El estampido provocó el asalto de los piratas entre un griterío ensordecedor, lanzado tanto para enardecerse ellos mismos como para aterrorizar a sus enemigos. Era la costumbre de los chacales del mar. Sabían que sus gritos helaban la sangre en las venas de quien quiera que los oyese, porque sólo significaban destrucción y muerte.

Isabel, con Palabras a su lado, corrió hacia las cabañas, empuñando su espada. Mateo la esperaba en primera línea, atento a que nada le ocurriera, y Alonso hacía lo propio en retaguardia. De los dormitorios empezaron a salir soñolientos piratas, tropezando unos con otros en su brusco despertar, en una confusión salpicada de palabrotas, imprecaciones y órdenes sin sentido. Los primeros en salir fueron atravesados por los asaltantes, sin piedad alguna, sin dar el mínimo cuartel. La explanada se convirtió en un confuso ballet de cuerpos que saltaban y huían, tropezaban y peleaban entre gritos y lamentos, en un duelo desigual, como sombras del Averno escapadas del último resplandor de la moribunda hoguera. Todos los contendientes sabían que sus vidas estaban en juego, que nadie iba a dar ni a pedir cuartel, que no habría prisioneros. Demasiados años en la mar, dedicados al pillaje y al saqueo, les habían enseñado que en aquellas circunstancias sólo era aceptable la victoria con la muerte de sus rivales; de ahí, que en pocos minutos los durmientes ya estuviesen despejados y abriesen mucho los ojos para ver venir la estocada o el disparo a quemarropa, y devolverlo con altos intereses. Tenían que matar o morir. No había elección, y en aquellos momentos nadie quería abandonar este mundo, por mal que le hubiera ido en él. Por eso, los gritos, las imprecaciones, las palabrotas, los gemidos, los alaridos, los rugidos, la furia demente, la sangre encendida, los cuerpos doblados sobre sus heridas, la carcajada bestial del ganador. Una algarabía como aquélla, un vocerío desgarrado que hería los oídos, una barbulla en tantas lenguas no la había oído Isabel jamás. Y sintió miedo por vez primera en su vida. Era casi imposible que su padre siguiera con vida entre aquellas gentes sin alma y, además, no daba un cuarto por su vida ni por la de sus amigos. Comprendió entonces que había sido una locura de niña insensata meterse en aquel mundo hecho para leviatanes, donde sólo podía esperar la propia destrucción en condiciones infrahumanas.

Mateo la arrastró por el brazo, sacándola del cerco de piratas en el que se mataban derrochando ciegos mandobles o ruidosos pistoletazos.

—¡Aléjate! ¡Éste no es tu sitio!

—¡He de encontrar a mi padre!

—Ahora no. Espera el fin de la batalla.

Se volvió en redondo para detener el estoconazo que le enviaba uno de los piratas semidesnudos, arrancado de más dulces sueños.

Isabel comprendió que el alférez tenía razón. No podía pelear en aquella salvaje turbamulta, no se trataba de esgrima de salón ni de duelo entre gente noble. Por mucha que fuera su agilidad, su brazo era menos fuerte que el de aquellos enloquecidos demonios que saltaban a su alrededor. Poco a poco fue retrocediendo hacia el límite del calvero para guarecerse y esperar, pegada a la oscura vegetación, a que terminara el combate. Los hombres que la habían acompañado se batían bien y llevaban la mejor parte en la pelea. Mateo luchaba con gran temple y agilidad, poniendo orden en el asalto. Graff *el Rojo* se multiplicaba, acudiendo a los puntos donde alguno de los suyos estaba en dificultades. Alonso no perdía terreno y su brazo estaba dando más de un disgusto a los hombres de Stuart de Klerk, mientras Palabras usaba espada y cuchillo, con singular habilidad, una vez descargados mosquete y pistolas. La manera de pelear de Palabras era distinta a la de los demás. No ofrecía una defensa sólida ni un agresivo avance: se agachaba, gateaba entre los contendientes y de pronto lanzaba su mortífero cuchillo sesgando el aire silenciosamente para alcanzar su objetivo, allá donde no llegaba su brazo. Parecía como si la falta de su lengua le hiciera más ágil, más felino, formando parte de una especie que se alejaba de la humana. Isabel vio cómo de pronto su tutor echaba a correr abandonando el escenario de la batalla para ir detrás de una sombra que trataba de llegar a la espesura. Palabras no podía darle el alto, pero sí correr más que él. Isabel le vio alzarse del suelo como un tigre al asalto de su presa, y caer ambos al suelo, con un rugido que helaba la sangre. El fugitivo quedó desarmado en un instante y, entre las manos del marinero, se vio alzado del suelo como un monigote, al aire brazos y piernas, en flexiones tan ridículas como inútiles.

En torno a la hoguera, terminaba la lucha. Mateo gritó una orden perentoria:

—¡Alto! ¡Necesitamos prisioneros!

Unos cuantos piratas de Brazo de Hierro tuvieron la suerte de no ser ejecutados en el acto. Habían salvado sus vidas por los pelos. Con evidente pesar, los asaltantes se detuvieron en su instinto homicida. Eso sí, no pudieron contener patadas y golpes para descargar su agresividad.

Palabras llevó a rastras a su prisionero hasta donde estaban los demás. Isabel, terminada la lucha, se reunió con ellos, tras los pasos de su protector.

—¿A quién traes, Palabras? —preguntó, situándose a su lado.

A la luz de la hoguera, lo reconoció:

—¡Es Masters! ¡El lugarteniente de Brazo de Hierro!

Mateo se volvió de un salto.

—¿Dónde está Stuart de Klerk?

Con toda su brutalidad, el sanguinario pirata estaba tan pálido que parecía a punto de desmayarse como una infanta en la corte.

Palabras le pinchó el cuello con su cuchillo. Sin necesidad de hablarle, era una advertencia demasiado seria.

—Yo... no sé...

El marinero mudo levantó unos milímetros la hoja afilada y una gota de sangre corrió garganta abajo. Era más de lo que Masters estaba dispuesto a sufrir.

—Mi amigo no puede hablar —advirtió el alférez como con pesar—. No sé cómo calmarle si no respondes...

—No está...

Isabel se enfrentó a él con ojos llameantes.

—¿Y mi padre? ¿Qué habéis hecho de don Pedro María Suescun de Tainta y Pons, el capitán de la nao *Virgen del Pilar*?

—Se fue con Brazo de Hierro —dijo al fin Masters, sintiendo que la sangre de su garganta era ya un reguero que pronto podría marcar la frontera del más allá.

La muchacha sintió que sus lágrimas afloraban incontenibles y que de su garganta escapaban sollozos de alegría al saber, ¡al fin!, que su padre estaba con vida.

Mateo cogió a Isabel por los hombros, en un impulso de alegría imposible de contener. Palabras apretó aún más a su presa por el cuello, ayudado por Alonso, que también apremiaba al prisionero.

—¿Adónde se fueron? ¿Dónde está la *Virgen del Pilar*? ¿Qué planes tiene tu capitán? ¿Qué piensa hacer? ¿Por qué se ha llevado a don Pedro María y a su nao? ¿Dónde está nuestra tripulación?

Las preguntas de Mateo de Inurria estallaban como latigazos en el silencio que había seguido al fragor de la batalla. Estaba tan ardoroso tras la pelea que no podía esperar a que el pirata respondiera a sus preguntas. Quería arrancarle las respuestas de un tirón, sin pausa, sin tiempo para que el filibustero entendiera realmente lo que se le pedía.

LA TRETA DE BRAZO DE HIERRO

Masters necesitó un par de tragos de ron y algo de tiempo para serenar su ánimo y convencerse de que sus captores no pensaban matarlo, sino tan sólo conocer lo que había ocurrido en isla Perdida a partir de la llegada de la nao española remolcada por los piratas. Hablar de los planes de Brazo de Hierro era muy peligroso si el pirata se enteraba y, desde luego, perdería su parte del tesoro que pensaban obtener, pero nada vale tanto en el mundo como la propia vida, y en aquel momento la suya estaba en manos de los españoles. Peligro por peligro, el que ahora corría era mucho mayor y se encontraba más próximo. En cuanto al futuro botín, la vida era el mayor caudal que tenía. No había, pues, otro camino que contar los ambiciosos proyectos de Stuart de Klerk y su atrevido plan para echar mano a un tesoro incalculable.

Por eso, después de lograr la palabra de honor de que no le matarían, entró de lleno en la historia que relató con minuciosidad y gran lujo de detalles. Palabra por palabra, contó la conversación que Brazo de Hierro había tenido con el capitán español, aquel gigante de poblada barba que se llamaba don Pedro María, y que el propio Masters había presenciado.

Aquella mañana, Stuart estaba de muy buen humor. Algo siempre peligroso, en opinión de su segundo de a bordo.

—Te he mantenido apartado de tus hombres, haciéndoles ignorar que estás vivo, para dominarles mejor. Una tropa sin capitán es como barco sin timón.

Don Pedro María se mantuvo erguido, alta la barbilla, inmóvil por las prietas ligaduras que ceñían sus muñecas a la espalda.

—Mis hombres te hubieran matado, de habérselo permitido. Pero... resultas más valioso con vida —rió.

—No tengo familia en España —respondió arrogante el marino—, ni más bienes que mi nao. Ya la tienes en tu poder: no te molestes en pedir rescate porque nadie vive para pagarlo. Así que puedes atravesarme ahora mismo.

Brazo de Hierro le miró de arriba abajo, como tasándolo, apreciando su valor.

—El botín que ambiciono no podrías pagarlo ni aunque tuvieras la más abultada fortuna.

Masters fijó la mirada en su patrón, agrandados los ojos por la codicia. El capitán rió, señalándole con el pulgar:

—Fíjate, hasta a mi segundo se le caen los ojos al escucharme. Nadie conoce mi proyecto. Ahora, sólo lo sabrá él... y tú, capitán español. Serás mi cómplice.

—Sólo por la fuerza.

Stuart hizo como que no había escuchado al marino.

—Te contaré mis planes. Has estado en Cartagena de Indias, ¿verdad? Lo sé porque he leído el cuaderno de bitácora* de la *Virgen del Pilar*: fechas, estado de la mar, fuerza y dirección de los vientos, corrientes marinas... Se descubren muchas cosas registrando la cámara del capitán...

—He llevado mi nao hasta sus muelles en muchas ocasiones.

—Y supongo que conoces al gobernador.

Don Pedro María plegó los labios, dispuesto a no hablar.

De una cartera de cuero labrado, el pirata sacó unos legajos y cartas. Desde lejos, el español supo que eran papeles que guardaba en su escritorio de la nao.

—Aquí está. Una invitación del gobernador de Cartagena de Indias, don Luis de Fonseca y Pacheco, conde de Andújar, dirigida al capitán don Pedro María Suescun de Tainta y Pons para que él y los oficiales de la *Virgen del Pilar* tengan a bien asistir a la cena de gala que organiza con motivo de la fiesta patronal, y a la que acudirá lo mejor de la sociedad cartagenera y los oficiales del presidio militar. —Levantó en el aire el escrito recibido el año anterior, con ocasión de su llegada a la ciudad costera—. A veces es mal asunto guardar ciertos documentos —concluyó.

El pirata se levantó y tiró la carta del gobernador

sobre la mesa, desdeñosamente. Luego se acercó a su prisionero:

—Te diré lo que haremos. Tu nao está reparada y en disposición de navegar. Prepararé una tripulación apropiada, bien seleccionada, de la que excluiré a los tipos más patibularios, para que nadie sospeche. Quiero que parezca una tripulación de honrados españoles. Con bastantes oficiales apuestos y bien vestidos. Todos muy valientes y dispuestos a morir si yo se lo ordeno. Habrá más hombres de los normales en un barco como el tuyo, por si los necesitamos en el asalto al castillo de Cartagena de Indias, pero nadie va a contarlos. Con ellos nos haremos a la mar. Tú serás el capitán: es tu nave —se burló—, aunque yo daré las órdenes. Llegaremos a Cartagena de Indias bajo pabellón del rey de España. Los cañones del castillo no dispararán sobre una nao bien conocida por aquellas tierras, y nadie desconfiará de don Pedro María. Yo seré tu segundo oficial.

—¿Con ese brazo de pirata, armado con hierros sangrientos, y tu aspecto de asesino? ¿A quién crees que vas a engañar? ¡Hueles a carroña desde lejos!

Las palabras de don Pedro María enfurecieron a Stuart hasta el punto de que éste, con un grito, se precipitó sobre su prisionero y le largó un rudo golpe con su aparejo de hierro. El español cayó al suelo, ensangrentados los labios, aturdido por el feroz trallazo.

—¡No te corto en pedazos ahora mismo porque te necesito! —farfulló el pirata, no sin darle un par de puntapiés en las costillas con sus puntiagudas botas que hicieron retorcerse de dolor a su víctima.

—¡Levántalo del suelo! —gritó a su ayudante.

Masters corrió a cumplir la orden, temeroso de que aquella furia acabara cayendo sobre él.

Ruidosamente el capitán pirata respiró varias veces, recobrando la calma antes de seguir:

—Una vez en puerto, seguro que recibirás una invitación similar a ésta. —Y señaló la misiva del gobernador—. O le pedirás audiencia para presentarle tus respetos. Sin prisas, como se hacen estas cosas entre nobles e ilustres marinos. Los días que pasemos allí serán tranquilos, dedicados a banquetes y fiestas. Y te acompañaré. En realidad iremos todos los oficiales contigo, varias veces, hasta ganar su confianza y hacernos habituales. Mientras, emplearemos el tiempo en conocer bien el castillo, las guardias, los horarios de la tropa, el sistema de vigilancia... en fin, lo necesario para obrar sobre seguro. No importa el tiempo que tardemos. Un día, cuando nadie nos preste atención por lo repetido de nuestras visitas... —miró por la ventana, a la recogida ensenada de su isla, donde fraguaba sus mejores proyectos—, reduciremos al gobernador y a sus ayudantes, y bajaremos a los sótanos donde se guardan los tesoros del monarca español. Llevo meses planificando este golpe, el mayor que se haya dado jamás en el Caribe. Para él, necesitaba un barco como el tuyo, de confiada presencia, con pabellón real, y un capitán de tu linaje. Lo demás, será muy sencillo. Estamos en la época adecuada: hace pocas semanas que llegó la Armada del Mar del Sur que protege los convoyes con oro y plata peruana durante su navegación por el Pacífico. Este oro ha atravesado ya el istmo de Panamá, a lomos de grandes reatas de mulas, y se encuentra en los sótanos del castillo de Cartagena. Dentro de un tiempo, arribará la Armada de Barlovento, encargada de cuidar los galeones durante su paso por el Caribe, y enlazará con la Armada de la Guarda de la Carrera de las Indias, que cubre el salto del Atlántico. Como ves, tengo toda la información. Sólo hace falta un hombre osado como yo y un plan perfecto como el mío para llenar nuestras bodegas con muchos quintales de oro y plata del Perú.

La narración de Masters había revelado más información de la que él mismo podía suponer. Por fortuna, no había ahorrado detalles, con el obsequioso deseo de liberar su cuello de la incómoda visita de un afilado cuchillo. Alonso, muy excitado, cogió del brazo a Isabel y fue a decirle algo, nerviosamente, pero la muchacha le acalló.

—Ahora no.

—Pero es que... —insistió el escribano.

—Alonso, cállate.

Mateo y Palabras miraron hacia donde estaban los dos muchachos, atraídos por su forcejeo verbal.

Isabel arrastró a Alonso, alejándose, para que Masters no pudiera escucharles.

—Sé lo que vas a decirme, Alonso —susurró la muchacha—. Yo también me he dado cuenta.

—Pero ¡es fantástico! —casi gritó el escribano de la nao.

—Realmente lo es. Ya iba siendo hora de que nos saliese algo bien. —Luego llamó a sus otros compañeros—: Mateo, Palabras, vamos a prepararnos. Ponedle grilletes a Masters y que nadie escape. No más muertes, pero aseguraos de que nadie pueda salir de isla Perdida. Tengo que deciros algo muy importante.

UN ENCUENTRO SORPRESA

La fundación de Cartagena de Indias en 1533 por don Pedro de Heredia, un recio castellano que ahuyentó con sus tropas a los indios caribe pobladores de algunos puntos de la zona, se hizo sobre una lengua de tierra que poseía la mayor de las riquezas: el agua potable, sin la cual no hubiera sido posible el asentamiento. El paisaje era perfecto, con una hermosa bahía de seis leguas de longitud por dos de anchura que conformaba un abrigado puerto. Al fondo, para defenderla, se alzaba una colina que semejaba la popa de una galera. Pronto Cartagena fue ciudad rica y laboriosa, poblada por tenderos, comerciantes, taberneros, escribanos, frailes, monjas, soldados, marinos, contrabandistas y esclavos: el catálogo completo de personajes que colonizaron las tierras del Nuevo Mundo. La bahía formaba un puerto estratégico en la ruta de la flota de Indias para recibir las mercancías que llegaban de España y los metales preciosos procedentes del Perú que desembarcaban en Panamá y llegaban a la ciudad a lomos de mulas atravesando el istmo.

El salón de recepciones del castillo de San Felipe,

engalanado con tapices de inspiración mitológica, reposteros con escudos heráldicos y grandes macetones con arbustos tropicales, hervía de elegante animación. Las fastuosas flores de carnosas hojas, con todos los colores del arco iris, desde el rojo brillante al verde floresta, del amarillo solar al azul del mar, ponían brillos fascinantes en la sobria decoración de la pista de baile. Dos orquestas, sobre un discreto estrado, amenizaban la reunión. Una, típica, con músicos de la tierra, mestizos, indios y criollos, que tocaban animados sones tropicales. Otra, con músicos de estirados uniformes e instrumentos clásicos, encargados de interpretar ceremoniosos bailes de salón con los que se amenizaban las elegantes reuniones de los colonos locales en un intento de rememorar antiguas costumbres españolas de la corte. Ambas alternaban sus actuaciones para satisfacer todos los gustos. Los invitados, reunidos en animados grupos, bebían fríos sorbetes para refrescarse en la cálida noche, en la pausa que había seguido al último baile. El descanso venía bien a todos. Los balcones permanecían abiertos para recibir la brisa del mar que agitaba estandartes y banderas y renovaba el aire de la fiesta. El murmullo de las conversaciones estaba salpicado frecuentemente por cantarinas risas femeninas que ponían un toque mundano en la reunión. Todos vestían con máxima elegancia, especialmente las damas, que esperaban cada año la llegada de las naos que traían del viejo continente las telas más exquisitas y las refinadas sedas de Europa; siempre con colores más luminosos que los exhibidos en los salones de la Península, con los que confeccionar vestidos seductores. El Caribe permitía una brillantez mayor y unos destellos coloristas inusitados en el vestuario, en oposición a los habituales tonos apagados de la corte de los Austrias.

Había como un movimiento en los invitados, una especie de danza intuitiva que los llevaba a unos y otros, suavemente, al paso, en dirección al grupo encabezado por el gobernador, don Luis de Fonseca y Pacheco, conde de Andújar, y su esposa, para intercambiar saludos y pleitesías aparentemente ocasionales, pero que formaban parte del protocolo de aquellas reuniones. Con el gobernador y su esposa estaban los oficiales de la guarnición y residentes ilustres, como el regidor, miembros del concejo, nobles, y ricos colonos. Todos parecían muy satisfechos y disfrutaban de la velada sintiéndose en el mejor de los mundos. En las zonas más oscuras del salón, donde apenas llegaba el reflejo de las lámparas, o en el recato de los balcones, se refugiaban jóvenes parejas dedicadas a los lances del galanteo más alegre. Era lo normal en ocasiones como aquéllas, donde el posible coqueteo de las muchachas con sus galas más refinadas y veneradas joyas familiares buscaba atraer a cualquiera de los jóvenes herederos que se exhibían como gallitos en corral propio.

Por encima del mosconeo de las conversaciones, se oyeron de pronto sonoros pasos de varias personas en la antesala. El gobernador miró en aquella dirección sin abandonar la sonrisa con la que obsequiaba a su interlocutor.

—Perdone, señor regidor, pero creo que llegan otros invitados, aunque, ciertamente, algo tarde.

Acto seguido fue al encuentro de los recién llegados.

—¡Mi querido don Pedro María! —saludó el conde de Andújar, tendiendo su mano hacia el que encabezaba el grupo—. ¡Por fin han podido asistir a la fiesta! Le estoy muy agradecido por ello. —Y apretó la diestra del marino, en cuyo rostro observaba una expresión demasiado seria y tensa—. Veo que han podido acompañarle también sus oficiales.

Detrás de don Pedro María vio al segundo de a bordo, un hombre de roja pelambrera a la que parecía haber dedicado largas y cuidadosas atenciones para dominarla.

—¿Cómo va ese brazo, teniente? —preguntó mirándole el antebrazo izquierdo envuelto en largo vendaje que, como siempre, reposaba en pañuelo de seda anudado al cuello—. Esas heridas son malas, y este clima no contribuye a cicatrizarlas.

El aludido sonrió, evitando pronunciar palabra. Los hombres que les acompañaban, todos oficiales de la nao, con sus mejores galas, literalmente rodeaban al capitán, como si estuvieran pegados a él.

—Forman una dotación muy compacta —exclamó el noble—. ¡Siempre juntos! ¡Qué gran disciplina! —se admiró el gobernador—. Acompáñenme, les presentaré al regidor del concejo: hoy ha podido abandonar sus obligaciones y estar con nosotros. No siempre contamos con tan ilustres invitados. Las obligaciones nos atan demasiado...

Los recién llegados cruzaron el salón en formación compacta, materialmente rodeando a don Pedro María, que avanzaba rígido y con el semblante gris.

Tras las presentaciones, el anfitrión hizo una seña a los músicos locales y éstos se arrancaron con una tonada entre pícara y desvergonzada que movió a unos a la risa y a otros al baile con frenético aleteo de faldas.

Los camareros acudieron con bandejas en las que portaban sorbetes y bebidas. Don Pedro María las rechazó cortésmente y Stuart de Klerk hizo lo propio. El resto de oficiales tomaron las copas con bebidas espirituosas que tragaron de golpe, con mal disimulada ansiedad, que mereció una llamarada en los ojos del pirata. No le gustaban aquellos modales, pues les podían dar mala imagen ante quienes les miraban.

Otros criados les ofrecieron canapés y pastelillos con delicadezas culinarias tan exquisitas como minúsculas. Los oficiales recién llegados se aplicaron a devorarlas con insaciable apetito, vaciando en un instante las bandejas, sorprendidos de tan breves yantares.

—¡Coméis como cerdos! —explotó Stuart de Klerk en un aparte y con furiosa mirada—. No hemos venidos a llenar la andorga. ¡Al que no se contenga le colgaré por los pulgares!

El gobernador miraba con cándida expresión el

comportamiento de los marinos, aparentemente divertido.

—Señora —y se volvió a su esposa, una dama entrada en carnes y que, sin embargo, se mantenía lejos de pastelillos y bebidas, no sin gran esfuerzo—, ¿qué ha sido de nuestro sobrino?

Encantador, como siempre, desenvuelto y con elegantes ademanes, el conde de Andújar explicó al grupo de la nao española:

—Acaba de llegar de España. Es un muchacho muy agradable que ha querido escapar de las rígidas obligaciones de su padre y pretende convertirse en marino. Es su primer viaje y está fascinado por el Nuevo Mundo.

Antes de que don Pedro María pudiera reaccionar, surgió Alonso de detrás de una columna ataviado con casaca bordada color verde, calzón hasta la rodilla y medias de seda. Un auténtico doncel que se inclinaba cortésmente ante su tío el gobernador y sus invitados:

—Os pido disculpas, señor. Me entretuve viendo unos pájaros increíbles que aletean en doradas jaulas. ¿Cómo se llaman?

—Guacamayos —sonrió don Luis—. Permitidme, don Pedro María, que os presente a mi sobrino, Alonso de Fonseca. Está maravillado por todo cuanto ve. Todos sabemos lo fácilmente que se sorprende la juventud.

El brillo entre asombrado y satisfecho de los ojos de don Pedro María no fue advertido por Stuart de Klerk, muy tieso a su lado. La sangre acudió rápidamente a las mejillas del ilustre marino y, con ella, la esperanza a su ánimo.

Alonso siguió con su papel.

—Soy muy afortunado al conocer a marinos de tanta alcurnia. Me han hablado mucho de la nao *Virgen del Pilar*. Me gustaría conocerla. ¿Sería posible que me permitiera subir a bordo, capitán?

Y el muchacho se acercó aún más al marino, con juvenil y atropellado atolondramiento, y le puso una mano en el brazo, del que tiró hábilmente, interceptando el paso del oficial de roja pelambrera que tan pegado estaba a su superior, separándolo en maniobra exquisita.

—No va a ser posible satisfacer su deseo, señorr... —empezó a decir Stuart de Klerk con evidente acento sajón, evidenciado por su furia.

Pero Alonso no le dedicó ni una mirada en su papel de admirador ciego del capitán.

—¿Verdad que lo procuraréis, señor? —anheló con vehemencia.

—Para mí será un placer —respondió con voz ronca, mirando en derredor para comprobar que los presentados como sus oficiales se llevaban las manos a las armas, un tanto confusos, mientras él no llevaba espada alguna a la cintura, lo que le ponía en evidente desventaja.

Pero Alonso siguió llevándoselo, en amigable charla. Stuart de Klerk trató de ir tras Alonso y parar bruscamente su atrevimiento, pero como surgidos de la nada se interpusieron entre ellos y el capitán dos figuras con cara de pocos amigos: Mateo de Inurria y Palabras, especialmente crispado, surgidos de detrás de unos cortinajes.

—Supongo que querrán bailar —invitó el alférez—. Les presentaremos a unas damas singularmente lindas que aceptarán muy gustosas compartir con oficiales tan apuestos la próxima danza. Después de tan larga travesía les parecerá a ustedes encontrarse en el paraíso. Acompañadme, si os place.

Mientras, Alonso llevó a su capitán hacia un grupo de damas que parloteaban con alegría. La orquesta española inició en aquel momento los compases de una contradanza señorial. Las muchachas se apartaron para reunirse con sus parejas y, al separarse, quedó al descubierto la figura alta, airosa, bellísima y rubia, de Isabel, que lucía un exquisito vestido, con los ojos anegados de lágrimas. Sus manos unidas ante sí, mostraban los nudillos blanquísimos por la presión de tanta emoción en su cuerpo al encontrarse frente a su padre. Éste se mordía los labios para contenerse y no lanzarse al encuentro de su hija, después de tan larga y dura separación.

—Os habéis quedado asombrado de su belleza, señor —dijo Alonso con galantería—. Lo veo en vuestros ojos. Se llama Isabel, una deliciosa amiga de mi familia, también recién llegada a estas tierras. —Las presentaciones las hacía advirtiendo lo que sucedía unos pasos más atrás, entre Mateo y Palabras y la pandilla de Stuart de Klerk, que parecían a punto de llegar a las manos.

El gobernador, siguiendo el bien trazado plan, se había retirado unos pasos e hizo una señal a la orquesta. De pronto, los instrumentos callaron, dejando a las parejas en incómodas posturas, interrumpidos los pasos de la danza. Don Luis abandonó sus ademanes elegantes y pausados, y se irguió autoritariamente, gritando:

—¡Retiraos, damas y caballeros! ¡Dejad sitio para que mi guarnición se haga cargo de estos piratas!

En el acto, por las diferentes puertas de la gran sala, aparecieron oficiales y soldados que, arma en mano, corrían hacia los pretendidos oficiales de la nao española. Mientras tanto, los invitados huían hacia los muros de la estancia, entre gritos femeninos y aspavientos de terror. Por su parte, Stuart de Klerk reaccionó con la decisión y bravura propias de un feroz y avispado pirata:

—¡Zafarrancho de combate*! ¡A las armas! ¡No quiero ni uno vivo! —Y disparó su pistola contra Mateo, que interceptaba su paso.

Éste saltó de lado al ver la intención de su enemigo, pero no con la suficiente rapidez para evitar la bala que le perforó el hombro izquierdo. Palabras le arrojó al suelo para impedir que otro pirata le alcanzase, mientras lanzaba un estoconazo con su enorme sable de abordaje contra el que pretendía atravesar al alférez.

La mano que empuñaba el arma saltó por los aires y con ella la espada. En un instante, la sala fue el más feroz campo de batalla. Los piratas se defendían con bravura sin igual pues estaban muy ciertos de que su vida dependía del número de víctimas que pudieran hacer.

Isabel dio un grito con el que se incorporó a la pelea. Sin dudarlo, se arrancó la falda del precioso vestido y, sin importarle mostrar pantalones de puntillas y enaguas exquisitas, propias de una ropa interior de damas nobles, corrió a donde había caído el sable del pirata, en cuya empuñadura todavía estaba asida la garra cortada por Palabras. Bravamente se lanzó al ataque para contribuir a la defensa del castillo y acudir en auxilio de su padre al que, ¡por fin!, había encontrado.

Aunque los miembros de la guarnición eran muy superiores en número a los acompañantes de Stuart de Klerk, éste había calculado bien sus movimientos.

—¡Luchad con orden! ¡Los nuestros vienen hacia aquí!

Efectivamente, como si fuera una señal, varias antorchas encendidas penetraron por los abiertos balcones cayendo sobre alfombras y cortinajes, que prendieron en unos instantes, provocando aún mayor confusión en el salón. Los invitados corrían entre las llamas sin acabar de comprender lo que estaba sucediendo; tan rápido había sido todo. Ello les impedía adoptar una actitud airosa ante el tremendo peligro que estaban corriendo. A la confusión de las llamas, los disparos a quemarropa y los gritos de los heridos, se unió súbitamente el griterío de los piratas llegados desde la nao en la oscuridad de la noche y que, forzando la guardia de la entrada, subían ya por la escalera del castillo.

Al igual que en los abordajes, los piratas lanzaban los más estentóreos gritos, los alaridos que petrificaban a sus víctimas haciéndolas rendirse ante el abrumador ataque. Era la técnica habitual. Los soldados se movieron por el salón con la eficacia de bien entrenadas tropas, dando cara a los que llegaban en ayuda de los piratas. Éstos, envalentonados por la presteza del auxilio que les llegaba de fuera, redoblaron sus fuerzas abatiendo a no pocos defensores del castillo. Alonso, desenvainada la espada, cargaba contra los piratas, y don Pedro María, con un rugido de cólera contenida durante tanto tiempo, se hizo con el sable de un caído y, dando la espalda a Isabel, se precipitó sobre Stuart de Klerk. Despeinados sus, hasta entonces, bien ordenados cabellos rojos, que creaban una aureola infernal en torno a su brutal rostro iluminado por el incendio, el pirata parecía un auténtico diablo.

El choque de ambos fue tremendo. Espadas y cuerpos fornidos parecieron lanzar chispas. Era infinito el odio que los empujaba. El español llevaba demasiado tiempo en cautiverio, con la desazón de ignorar la suerte de su hija y de sus amigos, y el pirata veía cómo se iban al garete sus bien trazados planes por culpa de su odiado enemigo y de la trampa que le habían tendido. En su desesperación suicida sólo quería matar y matar a cuantos se oponían a sus ambiciosos proyectos de asaltar el castillo y llevarse una fortuna en plata y oro, guardada para el rey de España. Como la fiera que era, estaba dispuesto a abrirse paso con uñas y dientes para escapar de la ratonera.

Isabel atravesó a un pirata y cortó el paso a otro que se precipitaba sobre don Pedro María. La muchacha lo despachó de certera estocada, permitiendo que su padre pudiera enfrentarse a Stuart de Klerk sin agresiones cobardes por la espalda.

Los invitados, al fin, comprendieron que la única salvación consistía en reducir a los asaltantes. El gobernador, con asombrosa serenidad, llevó a las mujeres fuera del salón, mientras instruía a los hombres:

—¡Pelead! ¡Pelead, o todos moriremos!

Quien más quien menos conocía el uso de las armas, pues la vida en las colonias era siempre azarosa y dependía de la capacidad de defensa de cada cual. Así que, aunque iban desarmados para la fiesta y el baile, cogieron las armas de heridos y muertos, desparramadas por el suelo, y se lanzaron con determinación contra los piratas.

Palabras arrastró a Mateo a un rincón para situarlo lejos del combate, y volvió para ayudar a don Pedro María. Pero éste se defendía bien. Stuart de Klerk, desprovisto por su disfraz del aparejo que en combate siempre armaba su muñón izquierdo, no podía hacer uso del mismo, ni aplicar bajo la espada su más temida arma: el puñal que traicioneramente acostumbraba a clavar en el costado de su oponente, distraído por la esgrima. Brazo de Hierro, por tanto, estaba en apuros. La enloquecida furia del español le obligaba a parar apuradamente los mandobles de éste, retrocediendo constantemente ante el arrebato del gigante. El pirata sabía bien cuándo su situación era desfavorable. Eso le había hecho salir ileso de muchas batallas desiguales. Y aquélla empezaba a serlo. Abortada la sorpresa inicial, no podía pensar en ganar aquella batalla, así que se imponía la huida, pese al refuerzo de sus hombres salidos de la nao castellana.

—¡Retirada! —gritó a grandes voces—. ¡Atrás! ¡Volvamos al barco!

Su espalda había chocado contra el grueso muro del castillo, cubierto por pesado cortinaje de terciopelo. Don Pedro María respiró hondo. Tenía al aborrecido pirata como tantas veces había soñado durante su cautiverio. Brazo de Hierro no era un ser superior. Era sólo un rufián que abusaba de la sorpresa y la falta de escrúpulos para vencer a sus víctimas, pero en pelea cara a cara, de hombre a hombre, era un pelele ante el aguerrido capitán español.

—Tienes miedo, ¿eh? —le dijo masticando las palabras. Leía en los ojos del pirata la convicción de que había llegado su última hora—. Sólo una estocada mía, y estarás en el infierno.

Stuart de Klerk carecía de sitio para maniobrar y enderezar el acero contra su oponente, así que esperaba el tajo mortal que abriría sus entrañas. En un instante habría acabado todo, una vida llena de sangre, de violaciones y rapiña, una vida propia de un demonio como él.

—Pero no soy un asesino como tú. Arroja la espada y ríndete: tendrás una mazmorra y un juicio. Más vale eso a la muerte.

El pirata bajó los ojos, como acatando la propuesta que se le hacía, pero en realidad para ocultar el brillo de desesperada esperanza que brotaba en su mirada.

Si no iba a morir en ese instante, podía escapar.

Flexionó las piernas, saltó como un gato, y lanzó con su espada hacia el marino una antorcha caída junto a los cortinajes. Era una reacción enloquecida que le dio resultado. Porque, aunque don Pedro María se percató de lo que iba a suceder acto seguido, sólo tuvo tiempo para dar un paso atrás y librarse del abrasador impacto del fuego, pero no para impedir que Stuart de Klerk saltase por la ventana al vacío, mientras gritaba con toda la fuerza de sus pulmones:

—¡¡¡Retiradaaa!!!

EL PUERTO EN LLAMAS

En la cubierta de la *Cupido*, Philippe Legrand miraba hacia el castillo de San Felipe de cuyas ventanas, en el piso superior, salía la brillante iluminación de la fiesta y la alegría o la donosura de los bailes. Allí estaría desarrollándose el último capítulo de la azarosa aventura de sus amigos españoles. El viaje desde isla Perdida había sido rápido, sin descanso día y noche, a fin de llegar cuanto antes a Cartagena de Indias. Por las declaraciones de Masters, el segundo de Stuart de Klerk, éste se hallaba a punto de asaltar la fortaleza amparado por el prestigio de don Pedro María y con la inapreciable cobertura de la nao *Virgen del Pilar* bajo pabellón real.

Habían llegado a tiempo. Brazo de Hierro no se había apresurado a atacar el castillo. Taimado como era, había empleado tiempo en estudiar las defensas del mismo y ganarse la confianza de la guarnición. Su golpe era demasiado atrevido para precipitarse.

Por el movimiento que había advertido en la cercana nao, de la que había salido la mayor parte de su tripulación de piratas bajo el disfraz de marinos españoles, en dirección al castillo, aquélla debía de ser la noche prevista para dar el mayor golpe del Caribe. Los hombres de Brazo de Hierro se habían deslizado en las sombras de la noche y se encontraban ya bajo los muros de la fortaleza sin haber sido descubiertos. A bordo de la nao española sólo había quedado una mínima tripulación que se afanaba por dar los últimos toques a la nave para levar anclas en cuanto regresara la expedición pirata con el tesoro de su majestad.

Era el momento de actuar, siguiendo los planes trazados con Isabel, Mateo y Alonso. El ser éste sobrino del gobernador de Cartagena de Indias les había permitido llegar hasta don Luis de Fonseca y Pacheco para advertirle de los planes de Stuart de Klerk y tenderle una trampa mortal que, al mismo tiempo, liberaría a don Pedro María.

La guarnición estaba preparada, así que sólo faltaba que él, Philippe Legrand, por ironías del destino otro pirata, a bordo de la *Cupido*, fondeada cerca del castillo, cortara la retirada a la despreciable turba de filibusteros de Brazo de Hierro.

El francés se volvió hacia sus hombres, encabezados por Gastón D'Arc y Graff *el Rojo*, y reforzados por los marinos españoles rescatados de isla Perdida, que estaban agazapados en cubierta y armados hasta los dientes:

—Es el momento —dijo en voz baja—. Seguidme. Acabaremos con Brazo de Hierro y regresaremos a isla Perdida para recoger el tesoro sin más luchas.

Los pies descalzos de la fuerza que había preparado no hicieron el menor ruido al saltar de cubierta al muelle. Por fortuna, la noche era oscura y sólo alguna estrella se reflejó en los sables o en las armas que cada cual portaba.

En aquel instante, en el salón del castillo sonó un pistoletazo. Aquello fue la señal que puso en movimiento a los piratas situados bajo los muros de la fortaleza. Como si de pronto hubieran enloquecido, todos empezaron a gritar salvajemente mientras penetraban en el castillo haciendo uso de sus armas, al estilo de sus mejores abordajes.

Philippe, por señas, hizo que sus hombres avanzaran hasta protegerse por los numerosos fardos de mercancías apostados en el desembarcadero, cortándoles el paso a los piratas hacia el refugio de la nao.

Dentro del castillo de San Felipe la batalla se había generalizado a juzgar por los disparos, el ruido de sables y el griterío de unos y otros. Philippe vio cómo las antorchas penetraban por las ventanas, provocando un incendio de trágicas consecuencias. A punto estuvo de ordenar a sus hombres el asalto a la fortaleza, para pillar entre dos fuegos a los piratas, pero el acuerdo con los españoles había sido estricto: él se quedaría fuera para sorprenderlos, tanto si conseguían el tesoro como si eran rechazados por la guarnición advertida.

Los planes se estaban desarrollando como se había previsto, pues la batalla parecía irles mal a los piratas.

Del portalón empezaron a salir éstos, sin dejar de disparar hacia el interior. Philippe advirtió:

—Atentos. Vamos a cazarlos ahora. No disparéis hasta que yo os lo diga.

El grueso de los asaltantes estaba ya muy cerca cuando el francés ordenó:

—¡Fuego!

La andanada diezmó a los sorprendidos piratas que, de improviso, se vieron atacados por la retaguardia. En unos instantes, la confusión fue enorme. Del castillo salía la guarnición en compactas oleadas, pero los asaltantes no podían llegar a la nao porque los hombres de Philippe se lo impedían. Eso les llevaba a un cuerpo a cuerpo enloquecido, del que sólo esperaban escapar con vida.

Pero, de pronto, algo cambió. Unas explosiones seguidas anunciaron que alguien más pretendía participar en aquella batalla con las mejores armas: la artillería disparada desde un barco próximo. Los impactos contra los muros del castillo alcanzaron a parte de la guarnición. El fuego que siguió, mientras no dejaban de llover las temibles balas, permitió a Philippe ver que varias lanchas se acercaban a gran velocidad a la orilla. Desde ellas se disparaba abundantemente contra los soldados, trazando una cortina protectora para los piratas.

Éstos no se detuvieron a investigar quién llegaba tan oportunamente en su ayuda, y se limitaron a correr hacia las embarcaciones que hasta ese momento nadie había visto. Philippe, buen artillero, buscó la nave desde la que salía aquella lluvia de fuego contra el puerto. Con su catalejo, del que no se separaba nunca, enfocó la nave amiga de los piratas. Las llamaradas de los cañones le permitieron identificarla:

—¡Es el *Luna de sangre*!

Aquello cambiaba las cosas. Los piratas ya no estaban acorralados. Una vez más, iban a escaparse. Sin duda, Masters, consciente de que su narración había llevado a los españoles a Cartagena de Indias, se las había ingeniado para huir con sus hombres de isla Perdida y volar, más que navegar, en ayuda de su jefe.

—¡Volvamos a bordo! —ordenó rápidamente el francés—. Nos haremos con la nao, ya preparada para navegar. ¡Gastón, Graff, reducid a la tripulación que queda en cubierta!

Como un solo hombre, todos treparon por las escalas y los cabos que pendían de la nao *Virgen del Pilar*, reduciendo a los que la custodiaban, demasiado sorprendidos por la rapidez de los acontecimientos para oponer una mínima resistencia.

En el portón de la fortaleza aparecieron los españoles con don Pedro María a la cabeza. Philippe gritó:

—¡Aquí! ¡Subid a la nao!

Alonso llevaba del brazo a Isabel, que corría empuñando aún la espada. Palabras ayudaba a Mateo, a quien se le notaba dolorido por el balazo del hombro. Junto a la barra del timón, por fin en su ambiente, Simón Vélez dio presurosas órdenes:

—¡Levad anclas! ¡Izad todo el trapo! ¡Virad a babor! ¡Vamos a por el *Luna de sangre*!

Un momento después, don Pedro María estaba en cubierta con semblante satisfecho. Se hallaba otra vez en su nave, en su mundo, después de tantas penalidades. Isabel se había colgado de su brazo, adivinando los sentimientos de su padre porque eran los suyos propios. El marino la estrechó con su brazo derecho no pudiendo contener la emoción:

—Gracias, Dios mío.

Philippe corrió a la borda:

—¡Preparad los cañones! ¡Vamos a darles un susto!

Los artilleros sólo tuvieron que girarlos en sus cureñas* para afinar la puntería. Philippe hizo rápidamente los cálculos y cuando creyó tenerlos a tiro ordenó:

—¡Fuego!

Las pesadas balas cruzaron la noche y fueron a hundirse a pocos metros de las lanchas. Los remeros avivaron su boga para alcanzar el *Luna de sangre*, todavía a cierta distancia.

La nao, mientras, viraba en redondo para ir tras el barco pirata. No era maniobra fácil ni rápida, pero los marinos españoles, tanto tiempo prisioneros y alejados de su nave, ponían todo su empeño, ahora que habían recuperado la ansiada libertad. Don Pedro María subió a la toldilla seguido por Isabel, que se sentía por vez primera en mucho tiempo liberada de graves responsabilidades, dejando las decisiones en manos de su padre y capitán. Simón Vélez seguía junto a la barra del timón, dirigiendo la maniobra y Philippe, junto a los artilleros, esperaba a que la nao estabilizara su rumbo para seguir disparando los cañones.

Palabras corrió subiendo la escalera de la toldilla.

—¡Mateo necesita ser curado, niña! ¡Acompáñame! —dijo con sus manos hábiles.

—¿Está herido? —preguntó ella, con alarma, pues no se había dado cuenta de lo ocurrido.

El mudo la reclamó con gestos, abriéndose paso por entre la todavía alterada tripulación que ocupaba la cubierta.

La llevó hasta el pie del palo mayor, donde yacía Mateo, con la mano sobre su hombro.

—Necesito luz —pidió ella, arrodillada junto al alférez—. ¿Dónde está mi valija?

Palabras se encogió de hombros:

—¡Han pasado tantas cosas...! —se excusó.

Luego le llevó un farol. A su luz, Isabel examinó la herida de la que manaba abundante sangre. La bala debía de estar dentro, pero carecía de su instrumental y de sus preciadas hierbas desinfectantes y curativas.

—Tráeme agua, lienzos y un cuchillo bien afilado, de hoja delgada —pidió.

El alférez trató de bromear.

—Ahora te cobrarás todas mis impertinencias.

—Cállate, bobo.

Aun con el balanceo de la nao, Isabel se aprestó a curar a su amigo.

—Tendrás que ser muy valiente. No tengo adormidera para aliviar tu dolor, pero hay que sacar esa bala. ¿Preparado?

Hundió la delgada hoja en la herida y Mateo, literalmente, saltó sobre su espalda.

—Quieto, es sólo el picotazo de un mosquito.

—Yo creía que... tus manos... sólo sabían ser... dulces.

—No me distraigas.

Era prodigiosa la habilidad de la muchacha. Los que les rodeaban emitieron un suspiro admirativo cuando ella mostró el trozo de plomo ensangrentado, recién sacado de la herida.

—¿Por una cosa tan pequeña te afliges, Mateo?

—Esto me lo vas a pagar...

—Guarda el aliento para no gemir, alférez. Se supone que eres un soldado.

Mientras, la nao enfilaba con bravura la bahía, en cuyo extremo estaba el *Luna de sangre*, adonde habían llegado las dos lanchas.

Tenían que darse prisa o el barco pirata saldría por Boca Grande, perdiéndose en el océano.

Pero estaban desperdiciando un tiempo precioso recogiendo a los ocupantes de las lanchas y subiéndolas a bordo. Luego debían hacer la maniobra de izar velas y tratar de huir, algo siempre lento.

En la nao *Virgen del Pilar* don Pedro María ordenó:

—¡Todos preparados! ¡Les abordaremos como ellos hicieron con nosotros! ¡Van a saber cómo es el temple de los marinos españoles!

—¡Antes les mandaremos unas píldoras para animar la fiesta! —anunció Philippe desde los cañones.

La persecución se hizo emocionante, como el galgo tras la liebre huidiza. El *Luna de sangre* trataba de acrecentar su velocidad pero su quilla tenía que abrirse paso por entre las olas con su velamen todavía flojo y la inercia de mantenerse al pairo, mientras la *Virgen del Pilar*, a toda vela, surcaba las aguas a gran velocidad. A ojos vistas se acortaban las distancias. Los piratas gritaban en un inútil intento de darse ánimos o de asustar a sus perseguidores. Philippe anunció:

—¡Allá va la primera andanada!

La nao se estremeció con el retroceso de los cañones, pero la visibilidad era escasa y los cálculos del ángulo de tiro se hacían en precario y, además, desde una nave extraña al francés. Por eso, todas las balas se perdieron en la mar, si bien silueteando el barco pirata.

Don Pedro María lanzó una puya al francés:

—Señor Legrand, he conocido mejores artilleros.

—Dadme tiempo, capitán —pidió Philippe.

La segunda andanada alcanzó la batería de cañones del *Luna de sangre* justo cuando éstos habían disparado y, por sus fogonazos, pudo hacerse mejor puntería.

—¿Qué tal la precisión francesa? —desafió, riendo, Philippe.

—Como un reloj.

Se habían acortado tanto las distancias que era posible distinguir las siluetas de los piratas en cubierta.

Iban completamente armados y elevaban sus garfios de abordaje, los bicheros y los botavantes*: estaba claro que iban a vender caras sus vidas, en una pelea cuerpo a cuerpo cuando las naves se unieran al fin.

Don Pedro María fue práctico. No quería que murieran sus hombres:

—Señor Legrand, apuntad a popa, a dos varas sobre el agua: ahí está la santabárbara. He estado prisionero junto a ella y conozco su situación. Alcanzadla y volarán por los aires.

Philippe rió alegremente.

—Será un placer, señor.

Con precisión, hizo que maniobraran los cañones sobre las cureñas. Cuando creyó tener a tiro su objetivo, dio la orden de fuego. Todos contuvieron el aliento mientras las balas surcaban la noche. Se oyó claramente el astillamiento del maderamen de la quilla al impacto de los pesados proyectiles. Un crujido siniestro que cubrió el griterío pirata. Y un instante después...

La noche se iluminó fantásticamente. El *Luna de sangre* se convirtió en una bola de fuego que permitió ver las expresiones crispadas de los piratas aferrados a los cordajes del barco, las astillas incendiadas que volaban por los aires, los cañones arrancados de cubierta y lanzados como juguetes en una fiesta de cucañas, el velamen y la arboladura toda desgajada de sus puntos de amarre. Un volcán de fuego y metralla que abría hondo surco en las aguas del océano. Y en lo alto del castillo de proa, aullando como un demonio, al mismísimo Stuart de Klerk, Brazo de Hierro, con su encendida pelambrera agitada por la explosión, sumergiéndose para siempre en el infierno de donde no debió haber salido jamás.

Minutos más tarde, el silencio volvió a la mar.

Donde había estado el *Luna de sangre*, el barco pirata más temido del Caribe, sólo un remolino de agua negra marcaba el punto por el que había desaparecido tan siniestra tripulación.

EPÍLOGO

El salón del castillo de San Felipe, engalanado con extraordinario lujo, borradas las señales del incendio, era otra vez escenario de alegre y animada fiesta. Las parejas bailaban con entusiasmo, mientras los invitados más provectos conversaban animadamente junto a largas mesas donde se alineaban fuentes con deliciosos manjares y camareros prestos a escanciar estimulantes bebidas. Nada hubiera hecho recordar los últimos acontecimientos, a no ser un leve olor a quemado que flotaba en el ambiente, pese a los esfuerzos del anfitrión y sus servidores por ventilar la estancia y llenarla del perfume de diversos pebeteros que quemaban sustancias aromáticas.

Don Pedro María hablaba en un aparte con Isabel, más hermosa que nunca, convertida en linda mujercita de evidentes encantos y con una elegancia singular, bien alejada de su agresiva estampa de capitán de piratas.

—Tienes que contarme muchas cosas, niña —le decía—. Creo que has estado muy revoltosa últimamente.

La muchacha miró directamente a los ojos de su padre, sin asomo de turbación ni temor.

—Sólo intenté salvarte y lograr tu rescate.

—Y te has unido a un capitán pirata, y has mandado una tripulación de filibusteros...

—... no podía luchar sola contra Brazo de Hierro.

—Y has expuesto tu vida.

—¿No hubieras hecho tú lo mismo por mí?

—Yo soy hombre, y capitán, y soldado. Mientras que tú...

—Si llevo tu sangre, ¿por qué no he de ser igual?

—Y has enamorado a tres hombres. Yo no hago esas cosas.

—No es culpa mía...

—¿Quieres decir que son imaginaciones de ellos? Philippe Legrand me ha pedido tu mano. Es un bravo marino. Pero es pirata. ¿Cómo voy a concedérsela?

La muchacha no respondió.

—En cuanto a Mateo de Inurria, está loco por ti. Me ha dicho...

—Nada le he prometido.

—Y, por si fuera poco, ese muchacho, Alonso, hijo de mi mejor amigo, ¿está bien hacerle sufrir así?

—¿Todos... te han hablado...? —preguntó con un hilo de voz.

—Todos... menos tú.

—No tengo nada que decir.

—¿No les amas?

Bajó los ojos, confundida, sin entender sus sentimientos.

—No lo sé.

—¿Qué piensas hacer?

—Seguir navegando. Es mi mundo. Mi vida. Junto a ti.

Don Pedro María abrazó a su hija, estrechándola con fuerza contra su pecho. Seguía siendo una niña.

GLOSARIO DE TÉRMINOS NÁUTICOS

alcázar. En los barcos, espacio comprendido entre el palo mayor y la popa.

achicar. Sacar agua de la sentina mediante una bomba.

amuras. Parte de los costados del barco donde empieza a estrecharse para formar la proa.

ancla. Pieza de hierro en forma de arpón doble que, pendiente de una cadena, se arroja al agua para sujetar el movimiento de una nave.

arriar. Bajar las velas que están en lo alto.

babor. Lado izquierdo de la nave mirando de popa a proa.

balas de cadena. Proyectiles unidos a cadenas que se enroscan en los palos del barco atacado y los quiebran.

barlovento. Punto de donde viene el viento.

barracuda. Pez de los mares tropicales que puede alcanzar los dos metros de largo.

beque. Retrete de la marinería.

bergantín. Embarcación de dos palos con vela cuadrada o redonda.

bicheros. Asta con un gancho que se utiliza en la maniobra de sujetar al atracar o desatracar un barco, o durante los abordajes para acercar la nave enemiga.

bitácora. Armario donde se guarda la brújula y el cuaderno de bitácora en el que se anota el rumbo y otros detalles de la navegación.

bogar. Remar en una embarcación.
borda. Parte superior del costado de una nave.
botavante. Asta larga con garfios que usaban los marinos para contrarrestar los abordajes.
broma. Molusco que perfora las maderas sumergidas de los barcos causando graves daños.
cabo. Toda cuerda que se emplea a bordo, para atar o colgar las velas.
cala. El punto más bajo del interior de una embarcación.
calafatear. Cerrar las juntas del casco de una nave con estopa y brea, para evitar la entrada de agua.
cámara. Departamento destinado al capitán de la nave.
carabela. Barco con una sola cubierta y tres palos. En la proa lleva un espolón, y la popa es llana.
carenar. Reparar o componer un barco.
castillo. Sobrecubierta entre el trinquete y la proa, desde donde el capitán da las órdenes de navegación.
cofa. Meseta sobre el palo mayor, donde se sitúa el vigía.
costura. Unión de las tablazones de la quilla, cerrada con brea y estopa.
coy. Hamaca rectangular de lona o red, que cuelga de varios puntos del barco para dormir la marinería.
crujía. Pasamanos junto a la borda.
cuadernas. Piezas curvas con las que se forma el casco de la nave.
cureñas. Armazón sobre ruedas donde se sitúan los cañones para maniobrar con ellos.
derrota. Dirección en la que navega un barco.
empalletado. Especie de colchón que se formaba en los costados de la nave con redes y ropa de los marineros para proteger a éstos de los disparos de las armas enemigas.

enrolar. Incorporar la marinería a un barco, de grado o por la fuerza.

escobén. Agujero que se abre a cada lado de la roda del barco, por donde pasan las cadenas del ancla.

escotilla. Aberturas en los costados de la nave.

escribano. Especialista que se encarga del avituallamiento de un barco y de llevar su contabilidad.

estribor. Lado derecho del navío mirando de popa a proa.

fanal. Farol empleado en los barcos.

fluyut. Nave holandesa del siglo XVII, muy apta para movimientos rápidos, cuya velocidad superaba la de cualquier barco de la época. Algo pequeña, desplazaba menos de 100 toneladas, tenía una eslora que superaba cuatro veces su manga y resultaba muy ágil.

fogonadura. Cada uno de los agujeros de la cubierta por los que pasan los palos.

fondear. Acción de lanzar el ancla para que se inmovilice la nave, clavándose en el suelo.

fragata. Barco de tres palos, con cofas y velas en todos ellos.

fresco. Viento moderado y muy marinero, que hace navegar bien al barco.

gabarra. Embarcación pequeña y de escaso calado, útil para el transporte de mercancías.

galeón. Barco grande de vela, sucesor de la carabela, para carga o para la guerra marina.

gálibos. Contorno de las ligazones de un navío, que le dan su forma para abrirse paso por entre las olas.

garete. Ir a la deriva, sin gobierno.

guardamecha. Recipiente para guardar en cubierta la mecha, siempre encendida, para aplicarla a los cañones en caso necesario.

halar. Tirar de un cabo para subirlo.
izar. Hacer subir una vela, tirando del cabo que la sujeta.
jabeque. Barco pequeño especializado en servir o avituallar a otros mayores junto a las costas.
jarcias. Velas y cabos de una nave.
jareta. Red de cabos que cubría el alcázar y lo protegía en los abordajes.
madre. Madero principal que mueve el palo del timón.
mástil. Cada uno de los palos de un barco.
mesana. Palo de popa.
nao. Barco de borda alta dedicado al comercio. Diseñado para las grandes travesías atlánticas, estaba construido en los astilleros de Cantabria. Tenía un arqueo de unas 250 toneladas.
oído. Agujero en la recámara del cañón por el que se aplica la mecha a la carga de pólvora.
pairo. Con las velas tendidas, quedarse quieta una nave en el mar.
pataches. Embarcación para llevar mercancías o avisos a los navíos de guerra o para reconocer las costas.
pinaza. Barco pequeño muy ligero, con remos y velas, útil como mercante.
popa. Parte posterior de una embarcación, opuesta a la proa.
portañola. Trampilla que se abre en los costados de la nave, para dar paso a la boca de los cañones.
proa. Parte anterior de un barco, opuesta a la popa.
puente. La parte más elevada de un barco donde se reúne el capitán y la oficialidad.
quilla. Pieza de madera que va de proa a popa, bajo el agua, para sujetar la armazón. «Pasar por la quilla» a alguien era condenarle a una muerte casi cierta y, en todo caso, a

una tortura insufrible pues los moluscos y conchas adheridas al maderamen rasgaban la carne del condenado.

rada. Bahía donde pueden anclar las naves al abrigo de los vientos.

rebenque. Látigo de cáñamo embreado, usado contra los galeotes.

refrescar. Surtir.

santabárbara. Pañol destinado a custodiar la pólvora y las armas.

sentina. Cavidad inferior de la nave, ubicada en la bodega, donde se acumulan las filtraciones de agua.

sollado. Cubierta inferior de un barco, donde se sitúan los alojamientos y pañoles.

sonda. Cabo con un plomo en su extremo que se arroja al mar para conocer la profundidad por la que se navega, cerca de las costas.

sotavento. La parte opuesta a donde viene el viento.

sumidad. Pizca, ápice.

toldilla. Cubierta a la altura de la borda, desde el palo de mesana hasta la popa.

trapo. Velas.

trinquete. Palo de proa en las naves que tienen más de uno.

verga. Percha labrada de la que cuelgan las velas.

virar. Modificar el rumbo que se lleva.

zafarrancho de combate. Toque para desembarazar la cubierta y que la marinería ocupe sus puestos de combate.

ÍNDICE

Miguel M.ª Astrain nació en Zaragoza, donde ha vivido y desarrollado su vida profesional. Hombre de radio y de la publicidad, Astrain es periodista y técnico en publicidad, marketing y relaciones públicas.

Aficionado a la literatura desde muy joven, comenzó a publicar a los diecinueve años y, desde entonces, han visto la luz 236 novelas en España, Portugal y América. Escritor también de libros de divulgación, ensayos, cuentos, novelas radiofónicas y guiones de cine, Astrain cuenta en su haber con cuatro Oscar de la Comunicación, el Premio Nacional de Radio, el Ondas, dos primeros premios en la Feria del Libro y el Premio de relatos Francisco de Goya.

Casado, con tres hijos y siete nietos, Miguel M.ª Astrain, que se define como «un trabajador serio», no cesa en su labor literaria. En la actualidad, está preparando una novela juvenil sobre extraterrestres, otra histórica sobre el mito de las amazonas y una tercera cuyo protagonista nos traslada al París de la Revolución.

Si te ha gustado el libro, no te pierdas

El tapiz de Bayeux

Endrina y el secreto del peregrino

Nautilus
A partir de 12 años

El diario secreto de Adrian Mole
Sue Townsend

¿Quién cuenta las estrellas?
Lois Lowry

Caminar sobre hielo
Manuel Valls / Norberto Delisio

Me gustan y asustan tus ojos de gata
José María Plaza

Benny y Omar
Eoin Colfer

Benny y Babe
Eoin Colfer

Laila
Laila Karrouch

El tapiz de Bayeux
Fernando Martínez Laínez

La reina de los piratas
Miguel M.ª Astrain

Endrina y el secreto del peregrino
Concha López Narváez

ESTA EDICIÓN DE
La reina de los piratas
SE ACABÓ DE IMPRIMIR
EN BROSMAC
EN OCTUBRE DE 2005